中國語言文字研究輯刊

六　編

許　錟　輝　主編

第 **2** 冊

西周金文構形研究

陶　曲　勇　著

花木蘭文化出版社

國家圖書館出版品預行編目資料

西周金文構形研究／陶曲勇 著 — 初版 — 新北市：花木蘭文化出版社，2014〔民103〕

目 2+136 面；21×29.7 公分

（中國語言文字研究輯刊 六編；第 2 冊）

ISBN：978-986-322-657-4（精裝）

1. 金文 2. 西周

802.08 103001861

中國語言文字研究輯刊

六 編 第 二 冊 ISBN：978-986-322-657-4

西周金文構形研究

作 者	陶曲勇
主 編	許錟輝
總 編 輯	杜潔祥
副總編輯	楊嘉樂
編 輯	許郁翎
出 版	花木蘭文化出版社
社 長	高小娟
聯絡地址	235 新北市中和區中安街七二號十三樓
	電話：02-2923-1455 ／傳眞：02-2923-1452
網 址	http://www.huamulan.tw 信箱 hml810518@gmail.com
印 刷	普羅文化出版廣告事業
初 版	2014 年 3 月
定 價	六編 16 冊（精裝）新台幣 36,000 元

西周金文構形研究

陶曲勇　著

作者簡介

陶曲勇，1979 年生，湖南祁陽人，講師。1997 年至 2001 年，就讀於湖南師範大學中文系，獲文學學士學位。2004 年至 2006 年，就讀於中國人民大學文學院，獲文學碩士學位。2006 年至 2009 年，就讀於中國人民大學文學院，獲文學博士學位。主要研究方向爲文字學、出土文獻研究。

提　要

　　金文在古文字研究中有著自己的特殊價值，它不僅歷經時代長，而且是當時的正體文字，代表著當時文字的主流，同時又具有客觀性，甚至唯一性的特點，是進行漢字構形系統分析，研究漢字發展史的可靠對象，本書在編撰《西周金文分期字形表》的基礎上分析了西周金文構形系統的基本特徵和實踐運用。

　　西周金文構形系統的基本特徵可以分爲構件和結構兩大方面。在構件方面，西周金文具有以下特徵：

　　一、形體上，西周早期金文的構件形體尚不固定，中晚期則漸趨統一。

　　在西周金文早期，漢字發展的主導思想基本還停留在象形階段，文字構造是直接以形體反映物象，這種以形表意的構形模式決定了構件形體的不固定。另一方面，西周早期的金文還是金文發展的初級階段，字形上仍不成熟，這也助長了構件形體的不固定。但這種構件的不固定是不符合文字發展規律的，最終必然要導致中晚期金文通過一定的手段對構件形體進行統一與固定。

　　二、功能上，西周早期金文的構件更多地注重表形，以形表意；而從中期開始，西周金文的構件逐漸分化發展爲相對穩定的形符系統和聲符系統，分別承擔表意和表音功能。

　　西周早期金文繼承了甲骨文以形表意的主要構形模式，但也在積累著新興的形聲構形模式；到了中期，隨著社會的進步，語言的發展，形聲構形模式得到了極大的發展，逐漸分化出了一批相對穩定的形符系統來承擔表意功能。西周金文聲符系統的形成是與形符系統相對而言的。聲符系統由於自身的特殊性，它不需要專門調整出一批構件用於表音，從理論上講，任何一個成字構件都具備表音的條件和可能。

　　在結構方面，西周金文構形系統具有如下特徵：

　　一、單字構件數量多少不定，構件間的相互位置和方向也不固定。

　　西周金文系統的這一結構特徵是由以形表意的構形思想所決定的。西周金文構形的主導思想是通過文字形體直接反映客觀物象，而多種多樣、變動不居的客觀物象決定了直接反映物象的文字不會有一個穩定不變的字形結構。同時，西周沒有經過行政化的正字運動，文字的規範性、統一性都不強，這都導致了西周金文單字構件數量多少不定，構件間的相互位置和方向也不固定。

二、西周金文系統的構形結構從象形的平面組合爲主逐步發展到表示音義的層次組合爲主。

在文字發展的初級階段，文字構形的重要手段就是以形表意，以構件的形體直接表示物象的意義，這種圖畫式的組合方式自然就成了平面組合。而隨著文字的發展，偏旁意識的增強，尤其是形符系統和聲符系統逐漸形成以後，構字方式發生了重大的改變，不再直接表示客觀物象的形體，而是通過表示詞的音義來構成文字，這種結構上的重大調整就是西周金文構形系統的第二個結構特徵。

在西周金文構形系統的歷時演變方面，主要是單字構件的定形化發展和構形系統的形聲化發展。

單字構件的定形化演變又可以分爲兩大類，一是選擇式定形，二是改造式定形。所謂選擇式定形，就是在表示同一文字的眾多異體中，選用其中一個作爲代表，用來統一這個文字在獨用或組字時的形體和結構。這是文字定形過程中一種相對簡單的形式。這種同化過程，多是將沒有區別作用的、代表相同意義的不同形體歸整爲一個構件形體，其他形體則逐漸淘汰消亡。同化後的這些構件形體，與其說它們仍然表示著某一具體的客觀物象，不如說它們已經同化爲一個代表符號，這是西周金文構形系統的一個重大轉變。改造式定形，就是在文字的演變過程中，改變文字的原有形體，以原有字形爲基礎改造出新的形體。如果說選擇式定形更多的著眼於選擇單字的形體，那麼改造式定形常常造成文字結構的改變。所謂改造式類化定形，就是指在改變字形的過程中，爲表示同一類屬的文字選用構件時的類一化，這是改造式定形最突出的表現。

構形系統的形聲化演變方面，形聲構形方式已經發展爲西周時期最重要、最能產的構形方式了。西周金文的形聲化方式有注形式、注聲式、改造式和形聲同取式四種，這其中，形聲同取式是形聲構形方式發展成熟的重要標誌，也是整個漢字構形模式發展成熟的重要標誌。

西周金文構形系統的演變發展是服從整個漢字構形系統發展規律的，漢字構形的發展規律就是由直接以形表意、通過字形直接反映物象向以字記詞、通過記錄詞的音義來記錄語義的方向發展，這是西周金文構形系統發展演變的內在動因。

《西周金文分期字形表》共收集了西周金文已識單字 2584 個，其中異構字 572 個，論文窮盡性地分析了每一個異構字的構意，指出西周金文異構字的產生具有以下六種動機與目的：1、補足字義；2、分擔字義；3、加強系統性；4、優化文字結構；5、標示區別；6、消除訛變。總的來看，它的每一類現象都是有跡可循，每一類異構產生的目的都是符合西周金文文字系統的構形規律和構形思想的。

目

次

第 1 章 緒 論

1.1 研究緣起與動機

　　文字學上稱鑄刻在青銅器上的文字為金文，又稱銅器銘文，《禮記‧祭統》有言：「夫鼎有銘，銘者自名也。自名以稱揚其先祖之美，而明著之後世者也。」[註1] 又因鍾、鼎是青銅器中的大宗和代表，且多屬禮器，所以金文又稱鍾鼎文、吉金文字、彝器款識等。

　　從考古發掘可以知道，我國青銅器的製作有著悠久的歷史，從距今大約4000～5000 年的甘肅東部馬家窯、齊家文化的遺址以及河北、河南、山西、山東的龍山文化的遺址和墓葬中，就出土了刀、斧、錐、鑿等青銅器具。在相當於夏代的河南偃師二里頭遺址和墓葬中，也發現有刀、戚等青銅器具。而大約從商代早中期開始，青銅器上就開始出現銘文，但這一時期的銘文字數不多，還較為簡略。從商代後期開始，逐步出現一些較長的銅器銘文；而發展到了西周時期，由於冶煉技術的進步和思想文化的發展，特別是周人對禮樂文明的大力提倡，銅器銘文得到了極大的發展，開始進入鼎盛時期。據張再興先生統計，西周青銅器銘文數量占到整個青銅器銘文總數量的 42%，

〔註 1〕 孔穎達等，《禮記正義‧祭統》，北京，中華書局，1980 年，第 1606 頁。

西周金文字數占到銘文總字數的 58%。〔註2〕直至春秋戰國以後，銅器製作始趨式微，相應的金文銘刻也逐漸衰落。

　　而對於金文的研究，早在北宋時期，就已經有學者開始致力於青銅器銘文的搜集、著錄。如呂大臨的《考古圖》、王俅的《嘯堂集古錄》、薛尚功的《歷代鍾鼎彝器款識法帖》等。到了清代，金文的著錄、研究已蔚爲大觀，並開始走上科學研究的道路，湧現出阮元、吳式芬、劉心源、吳大澂、孫詒讓等著名學者。龔自珍在《說彝器》中曾指出：「凡古文，可以補許愼書之闕；其韻，可以補《雅》《頌》之隙；其禮，可以補逸禮；其官位氏族，可以補《世本》之隙；其言，可以補七十子大義之隙。」〔註3〕很好地概括了金文的綜合價值。

　　但毋庸諱言，前代學者對金文的研究更多地著眼於它的史料價值。郭沫若先生在《兩周金文辭大系考釋·序文》中提到：「傳世兩周彝器，其有銘者已在三四千具以上，銘辭之長有幾及五百字者，說者每謂足抵《尚書》一篇，然其史料價值殆有過之而無不及。」〔註4〕陳絜先生甚至概括說：「20世紀的金文研究，其實就是一個金文材料史料化以及以此爲基礎的先秦古史重構過程」。〔註5〕目前的金文研究中，金文的史料化研究遠遠超過金文的文字學研究，儘管將二者截然分開也許不盡合理，但作爲文字學的金文研究亟需加強卻是不容迴避的事實。

　　而從文字學的角度來看，金文在古文字研究中有著自己的特殊價值。正如李學勤先生所概括的：「第一是時代長。青銅器上出現銘文，據現有材料，是在商文化的二里岡期，即商代早中期。……從商代到戰國有一千多年，文字形體有很大變化。其他古文字門類，如甲骨文主要是商代晚期，古璽、簡帛等只限於戰國以下，都沒有金文這樣長的時間跨度。」〔註6〕要研究古文字規律，要研究漢字發展史，就不可能避開金文這個門類。

　　其次，從金文的性質來看，它是當時的正體文字，代表著當時文字的主流。裘錫圭先生談到商代金文時曾指出：「我們可以把甲骨文看作當時的一種

〔註2〕　張再興，《西周金文文字系統論》，上海，華東師範大學出版社，2004年，第2頁。

〔註3〕　轉引自馬承源，《中國青銅器》，上海，上海古籍出版社，1988年，第368頁。

〔註4〕　郭沫若，《郭沫若全集·考古編·第八卷》，北京，科學出版社，2002年，第9頁。

〔註5〕　陳絜，《商周金文》，北京，文物出版社，2006年，第20頁。

〔註6〕　李學勤，《金文常用字典·序》，西安，陝西人民出版社，2004年，第4頁。

比較特殊的俗體字，而金文大體上可以看作當時的正體字。……是在比較鄭重的場合使用的正規字體。」〔註7〕儘管這種正、俗之名還可商榷，但青銅器作爲禮樂重器的性質和特點決定了其上的文字無疑是當時的通用文字代表；這些文字完全符合漢字發展史的研究要求，是研究漢字發展史的最佳對象。

　　第三，金文具有客觀性，甚至唯一性的特點，是字書材料所不能比擬的。金文一般來源於考古發掘的銅器實物，除少數僞器外，一筆一劃，都是古人眞迹，反映了當時實用漢字的本來面貌，是研究漢字發展史的絕佳材料。王貴元師曾區分作爲研究對象的文字材料爲兩大類：「歷史文字材料可依其存在形式的不同，分文本文字材料和字書文字材料兩大類。」〔註8〕在研究漢字發展史時，字書材料的缺陷十分明顯：「第一，字形失眞。這些字書所收編的一般不是字的原形，而是經過隸定的楷書，因而無法進行歷史漢字構形的研究。第二，由於他們不是實用文字的窮盡整理，字形的收錄是否齊全無法查詢，特別是一些寫法或結構不同的字形變體，這些字書往往收錄不全，因而不但會失去一些研究字形演化和文字考釋的重要線索，而且缺乏統計的價值。第三，由於轉相抄錄，它們所搜集的字料往往是不同時代通過多種渠道積澱下來的，無法進行斷代研究。」〔註9〕只有出土材料中可以確定書寫時代的文本文字材料，才是進行漢字構形系統分析，研究漢字發展史的可靠對象，金文無疑符合這一要求。

　　而作爲商周金文，甚至還具有唯一性的特點。李學勤先生曾提到「原史時期」（protohistory）一詞，用「以稱呼古代文獻很少，考古材料的重要性超過或等於文獻材料的時期」；〔註10〕商周時期無疑就是這樣的「原史時期」，公認的、可信的傳世文獻尙且寥寥無幾，當時的手寫材料更是無處可尋，要研究這一時期的漢字發展史，以金文爲代表的出土文字就成了唯一的依據與憑藉。

　　另一方面，從金文研究現狀的特點及不足來看，目前的研究中，單字考

〔註7〕　裘錫圭，《文字學槪要》，北京，商務印書館，1988 年，第 42～43 頁。

〔註8〕　王貴元，《馬王堆帛書漢字構形系統研究》，南寧，廣西教育出版社，1999 年，第 1 頁。

〔註9〕　王貴元，《馬王堆帛書漢字構形系統研究》，南寧，廣西教育出版社，1999 年，第 2 頁。

〔註10〕　李學勤，《東周與秦代文明》（增訂本），北京，文物出版社，1991 年，第 10 頁。

釋、銘文釋讀等方面都得到了深入發展，許多疑難字詞被釋讀出來；但理論探索、規律總結等工作則相對薄弱，許多研究仍然停留在以部分涵蓋全體、以個體推論一般的舉例式研究階段，這極不利於漢字理論的深入探討與古文字學科的現代建構。姚孝遂先生曾在《甲骨文形體結構分析》一文中呼籲說：「在今天，我們對於甲骨文的研究，應該在其形體結構方面進一步深入地探討其自身的特徵和規律，不能局限於六書理論範圍之內和停留在偏旁分析的初步階段上面。這將廣泛地涉及到甲骨文形體的來源、結構規律、區別形式、孳乳變化過程以及與之相關的使用規律等諸多基本問題。這樣，我們才有可能全面而深入地瞭解和掌握這一符號系統。」〔註11〕儘管姚先生是針對甲骨文研究而言的，但將上述評論對象從甲骨文換作金文，這些觀點仍然是正確和深刻的。因此，對西周金文進行斷代的構形分析，為漢字發展史的研究打下堅實的基礎，就構成了本書寫作的緣起與動機。

1.2　研究方法與目的

1.2.1　研究角度與方法

任何研究都需要從一定的角度入手，不同的角度會用不同的方法，會有不同的側重。正如上文所述，在金文研究中，大的角度之分就有作為歷史學的金文研究和作為文字學的金文研究兩種；即使同是文字學的金文研究，也有靜態的單字考釋、銘文詮釋和動態的字形演化、字量比較等等不同，角度不一，多種多樣。本書則是從漢字發展史的角度對西周金文系統進行斷代研究，從漢字演變的動態角度對西周金文的構形進行探索分析。李孝定先生就曾指出：「研究文字學，不僅要在靜態方面分析其結構，也要在動態方面觀察其演變，就前者言，自西漢建立了完整的六書說理論，兩千年來，已有了豐碩的成果；至於動態的研究，雖然從東漢的許慎開始，就有了這種認識，但所據僅殘缺的史籀篇和經傳寫的古文經，時代既晚，數量也有限，《說文解字》一書的貢獻，絕大部分仍只限於前者；降至晚近，地不愛寶，金文、甲骨文、陶文，陸續有大量的發現，終使學術界對文字演變的研究，有了極好的憑藉，這是近世研究文字學

〔註11〕姚孝遂，《甲骨文形體結構分析》，《古文字研究》，2000年第20輯。

的絕佳資源。」〔註12〕本書正希望從動態比較的角度，以出土金文材料爲對象，研究漢字發展演變的歷史規律。

今天的古文字研究者都承認，漢字研究的主體應該是字形。要研究一個時期內漢字的發展演變情況，歸納出這一時期的變化規律，正確的方法就是羅列排比出這一時期所有漢字的形體演變過程，形成某一時期、某一類字的字形總表，觀察分析該表，並以同一個字的不同時期的前後對比、同一個字的不同系統的互相對比以及不同的文字系統之間的互相對比來歸納總結文字歷時演變的內在規律。同時，隨著考古工作的深入開展以及古器物學的不斷進步，西周銅器都能做到大致分期，甚至歸於各王之世，爲金文的具體分期提供了最便利的前提條件。因此，本書遵循窮盡性的科學分析原則，引入分期斷代的考古研究概念，將目前所見的全部西周金文依一定的順序製成《西周金文分期字形表》，在此基礎之上，對西周金文作斷代描寫與比較分析，探討這一時期文字系統的構形特點和演變規律。

1.2.2　研究目的

金文研究起源甚早，西漢武帝時就曾在汾陰掘獲一具銅鼎，但並無銘文，當時以爲祥瑞之兆，漢武帝還以之薦於宗廟，並作《景星歌》紀念。到漢宣帝時，又在美陽發現銅鼎，獻於朝廷之後，群臣鼓吹傚仿武帝舊事，以之薦於宗廟，只有張敞反對。張敞根據鼎上的銘文指出，這是周朝一個叫尸臣的大臣受到王的賞賜，大臣子孫鑄鼎刻銘，紀其先功之物，不宜薦於宗廟。〔註13〕這是史書記載中最早的學者考釋金文之例，自此以後，金文研究歷代不絕。時至今日，金文研究早已涉及多個方面，無論釋字考史，還是月相曆譜，以及語法文例，都取得了相當可觀的研究成果。

在這種背景之下，我們再回頭考察金文文字本身之研究，就會發現，金文研究的特點是大部分學者比較注重單字考釋，儘管這些考釋中多少會涉及到金文文字的構形問題，但其中多數仍然以六書的概念來處理文字的構形，這一方法雖然能夠說明金文中某一單字的結構如何，但是對於整個金文系統的發展演變，仍是比較模糊。可以說，從漢字構形學的角度來看，目前對於西周金文的

〔註12〕李孝定，《漢字的起源與演變論叢》，臺北，聯經出版社，1997 年，第 282 頁。

〔註13〕事皆參見《漢書・郊祀志》。

構形問題還是缺乏全面系統的研究的。因此，本書研究的第一個目的就是以漢字構形學理論爲指導，以西周時期的金文材料爲研究對象，遵循窮盡性的科學分析原則，引入分期斷代的考古研究概念，通過對比研究，對西周金文作斷代描寫與比較分析，探討這一時期文字系統的構形特點和演變規律。

本書研究的第二個目的與第一個目的緊密相連。爲了更好地研究西周金文構形系統，我們遵循窮盡性的科學分析原則，將目前所見的全部西周金文分期斷代，依一定的順序製成《西周金文分期字形表》。這一《字形表》既是我們研究西周金文構形的材料基礎，又是相對獨立的一部「西周金文文字編」，可以爲今日古文字字書編纂工作提供一個新的成果，這就是本書研究的第二個目的。

具體說來，今日古文字學界還沒有一部有關西周金文的文字編，學者公認的權威金文字書當首推容庚先生的《金文編》。《金文編》是容庚先生所編著的一部有關商周金文形體的大型字書，從 1925 年印行出版初版《金文編》以來，至今已是第四版了。容先生廣泛搜集商周彝器，考辨字頭，精心摹寫，依《說文解字》部首排列，《說文》所無而見於其他字書的字，或有形聲可識的字，都附列於各部之末，圖形文字不可識的列爲附錄上，有形聲而不可識的列爲附錄下，書後附《採用彝器目錄》及《引用書目》，並附筆畫檢字，便於檢索。全書彙集商周歷代之銘文，展現金文形體之變遷，考釋精審，體例合理，已經成爲研究金文最具權威性的工具書，成爲治古文字學者案頭的必備之作。

既然容庚先生的《金文編》已經包括西周金文形體，而且已成權威，可謂是珠玉在前，爲何還要另製「西周金文文字編」、編纂《西周金文分期字形表》呢？這主要可以從以下幾個方面來說明這一工作的必要性與價值。

一、《西周金文分期字形表》將對迄今爲止的所有西周金文字形作窮盡性的搜羅，準確反映目前西周金文資料的實際。四版《金文編》的完成、出版早在 1985 年，而時至今日，隨著田野考古工作的突飛猛進，新的金文資料日益增加，《金文編》的收字已經遠遠落後於目前金文資料的實際。以《新收殷周青銅器銘文暨器影彙編》〔註14〕一書爲例，此書搜羅了至 2005 年止，新出及《殷周金文集成》漏收的銘文銅器就已達 2005 件。著名金文學者張亞初先

〔註14〕鍾柏生、黃銘崇、陳昭容、袁國華編，《新收殷周青銅器銘文暨器影彙編》，臺北，藝文印書館，2006 年。

生早已指出：「目前所見金文單字總數，包括新發表而《殷周金文集成》沒來得及收錄的新器銘文，如果用《集成引得》所收單字總數 4924 加減 50 來表示，應是大體符合當前的實際情況的。故金文單字總數大約在五千上下。過去我曾對《金文編》所收單字做過統計，正編收 2333 個，附錄收 889 個，二者合計為 3222 個，放寬點看，總數不超過 3300 個，《集成引得》所收單字數 4924，與 3222 或 3300 相比，顯然已不可同日而語了，大約增多了三分之一。這個數字是驚人的，這樣看來，《金文編》的再增訂已經是刻不容緩了。」〔註 15〕目前距張亞初先生的統計又過去了十年，單以正編收字而言，嚴志斌先生的《四版〈金文編〉校補》就增收了 775 個字頭，將近《金文編》正編字頭的三分之一，《金文編》反映金文現實的滯後可想而知了。儘管上述對比是就整個金文資料而言，但西周金文是金文資料的大宗，據此也可以反映編纂《西周金文分期字形表》的緊迫性與必要性了。

此外，《金文編》的體例是字頭下一般只選取代表性的形體及該字異體，既滿足了釋字的實際需要，又壓縮了全書的整體篇幅，確實能滿足金文研究的絕大多數需要。但漢字發展史要求的是研究者窮盡性地佔有現有資料，只有這樣才能盡量避免研究結果的偏差與錯誤。所以《西周金文分期字形表》以《殷周金文集成》（增補修訂本）和《新收殷周青銅器銘文暨器影彙編》為資料基礎，對截止 2005 年的所有西周金文字頭作窮盡性地辨認和收錄，堪稱目前搜集西周金文形體最為完備的字書，以滿足漢字發展史的研究要求。

二、《西周金文分期字形表》借鑒銅器斷代分期的研究成果，盡可能地對每一個金文進行斷代分期，將金文形體作歷時性地排比羅列，最直觀地反映了文字形體的歷史變遷。

銅器的斷代分期是青銅器研究中的一個重要方面，尤其是隨著考古工作的深入開展，銅器年代學也取得了令人矚目的進步。據悉《殷周金文集成》編纂之初也曾設想為每一件銅器斷代分期，但由於種種原因，最後未能實現；但後續的青銅器著錄工具書都無一例外地引入了斷代分期的做法。如《近出殷周金文集錄》將所錄銅器分為九期，即：商代前期（前 1600～前 1300）、

〔註 15〕 張亞初，《金文考證舉例》，《第三屆國際中國古文字學研討會論文集》，香港，香港中文大學，1997 年。

商代後期（前 1300～前 027）、西周早期（前 1027～前 966）、西周中期（前
966～前 865）、西周晚期（前 865～前 771）、春秋前期（前 771～前 652）、
春秋後期（前 652～前 475）、戰國前期（前 476～前 369）、戰國後期（前 369
～前 221）；《新收殷周青銅器銘文暨器影彙編》也有類似的編排。這些斷代
分期的成果使得確立每個金文的時代和國別成爲可能。

漢字發展史要求通過排比每一個文字的歷史變遷軌迹來研究文字的發展
演變規律。而四版《金文編》在這一方面無疑是遠遠不夠的，其羅列的字形
排列順序較爲雜亂。而金文作爲延續時代最長的一種古文字資料，按其發展
的時間順序加以排列對比，進而考察其演變規律與發展歷史是完全可能和很
有意義的。《西周金文分期字形表》的這一做法開創了金文字書編纂的先河，
不僅有利於金文的考釋與研究，而且對於整個漢字發展史的研究都有重要的
價值與意義。

三、《西周金文分期字形表》適應古文字研究的發展要求，引入古文字資料
數字化電子處理系統，對四版《金文編》做了一系列技術手段的更新，以便更
好地服務於漢字發展史的研究工作。

首先，《西周金文分期字形表》以電腦拓片取代舊式的手寫摹本，能夠更準
確、更客觀地反映字形實際。受制於技術手段的缺乏，歷來的古文字字書都以
手寫摹本爲主，雖然能清晰地反映字形結構，但必須指出的是這是一種主觀行
爲，常常伴隨著臨摹者自己對字形的理解，失眞、失實的情況屢有發生。容庚
先生的《金文編》歷來被譽爲摹寫精審，容先生又是金文大家，但即使這樣仍
然不能避免留下遺憾，全書中誤摹的情形可以參看金國泰先生的《〈金文編〉讀
校瑣記》一文。〔註 16〕

1994 年，王貴元師首次在其博士學位論文《馬王堆帛書漢字構形系統研究》
中引入電腦剪切拓片技術，製作了《馬王堆帛書字形表》，這是古文字字書編撰
中的一大創見，此後的相關研究中，採用拓片形式已經成爲了學術界的主流，
如李守奎《楚文字編》、陳松長《馬王堆簡帛文字編》等均是如此。

《西周金文分期字形表》正是適應這一要求，以電腦拓片的剪切代替手工
模式的摹寫，保留了金文的原始客觀形體，便於研究者的考釋辨認，具有十分

〔註 16〕金國泰，《〈金文編〉讀校瑣記》，北京，中華書局，《古文字研究》2000 年第 22 輯。

重要的價值與意義。

其次，《西周金文分期字形表》改變了四版《金文編》異體字不出字頭的體例，在主字頭的下面，對字形異體加以隸定，列出異體字字頭。異體眾多，是金文的一大特點；而異體字對疑難字的考釋和辨析字形的結構特點都很有意義。為了更好地研究一字異形現象，研究漢字的定形與分化，許多古文字字書都詳細列出了異體字的字頭，如廣受學界讚譽的李守奎先生的《楚文字編》〔註17〕就是如此編排。因此，《西周金文分期字形表》廣泛吸取學界的先進成果，對字書做了更合理的處理。〔註18〕

總而言之，本書的研究目的就是在編纂「西周金文文字編」——《西周金文分期字形表》的基礎上，對西周金文作斷代描寫與比較分析，探討這一時期文字系統的構形特點和演變規律。

1.3　研究材料與整理

1.3.1　材料來源

1984 年至 1994 年中國社會科學院考古研究所編、中華書局出版的《殷周金文集成》是目前著錄金文材料的集大成之作，全書共收青銅器 11984 件，器物類型 51 種，收錄年份截止 1984 年；2007 年又出版了該書的「修訂增補本」。

《殷周金文集成》出版之後，又有許多考古成果發表，《集成》不及收錄。有鑒於此，臺灣鍾柏生教授領銜主編了《新收殷周青銅器銘文暨器影彙編》，從近百種期刊、專書、拍賣行圖錄中揀選出有銘銅器，收錄銘文拓片、銅器器影、器形線圖、紋飾拓片，收錄年份下限至 2005 年，共 2005 件有銘銅器，器名、釋文皆逐一審閱考訂，並附有器類字數、族名、人名、地名、官名索引，方便使用。上述兩套大型叢書基本彙集了目前所能見到的銅器銘文。

在古文字資料電子化方面，則有華東師範大學中國文字研究與應用中心開發、廣西教育出版社 2003 年出版的《商周金文數字化處理系統》，其中的《金文資料庫》以《殷周金文集成》為基礎，收錄青銅器 12231 件，並實現了器物

〔註17〕李守奎，《楚文字編》，上海，華東師範大學出版社，2003 年。

〔註18〕因篇幅所限，《西周金文分期字形表》暫不收入本書。此字表已併入王貴元師所編《新編金文編》，可以參看。

種類、器物名稱、著錄、時代、國別、字詞等方面的查詢與檢索，還配套出版了《金文引得》（殷商西周卷）和《金文引得》（春秋戰國卷）。儘管這一數字化處理系統還存在許多問題，如「同銘」材料的鑒別與處理、近出重要銅器銘文的漏收、個別銘文的隸定與釋讀等方面都不乏可以商榷之處，〔註 19〕但是從使用方便的角度來看，尤其是對於需要進行文字檢索、處理大量銘文拓片的研究者來說，這個系統還是十分便利的。

正是基於以上考慮和可操作性的原則，本書以《金文資料庫》為基礎，參考《殷周金文集成》（修訂增補本）和《新收殷周青銅器銘文暨器影彙編》兩書，從中選出屬於西周時期的銘文材料作為研究對象。

1.3.2 整理原則

本書材料整理原則如下：

（1）研究對象為西周金文材料，時間範圍嚴格限定在西周時期，對於一部分斷代模糊或目前尚無定論的金文材料，暫不作為研究對象。具體說來，那些定為「殷或西周」以及「西周或春秋」的銅器銘文暫不進入研究範圍。

同時，根據陳夢家先生銅器斷代三分法體系，將所有銅器銘文相應分為西周早期、西周中期、西周晚期，部分斷代有分歧的材料，主要參考王世民、陳公柔、張長壽三位先生的《西周青銅器分期斷代研究》，〔註 20〕目前還無法斷代分期的則列入「西周」一欄，以便於進行歷時比較研究。

（2）所收字形均以銘文拓片為準，摹本字形暫不收錄。必須承認的是，許多缺乏銘文拓片的傳世摹本在金文研究中具有重大意義，曾起過巨大作用，不能輕易忽視它們；但也應該指出的是，這些傳世摹本的可信度大大低於銘文拓片。以禹鼎（《集成》2833）為例，傳世的宋人摹本（《集成》2834）文多殘泐，而且錯誤歧出，難以卒讀。如果沒有後出的銘文拓片對比，徑以摹本字形作為研究材料，那麼研究結果的偏差性就難以避免了。考慮到並不是每一張傳世摹本都有拓片可以對比，所以本書對摹本字形暫不收錄。

〔註 19〕 參看趙誠《二十世紀金文研究述要》第六章第三節點評，太原，書海出版社，2003年。

〔註 20〕 王世民、陳公柔、張長壽，《西周青銅器分期斷代研究》，北京，文物出版社，1999年。

（3）在西周金文文字系統中，有一批常用字，這些字的出現頻率非常高，據《金文資料庫》初步統計，如「乍」字共出現 3445 個，「寶」字共出現 2723 個，張再興先生統計表明，出現頻率在 1000 次以上的西周金文共有 10 個。[註21] 這些字的形體基本已經固定化，同一個字的不同形體之間的差異基本上屬於個人性、臨時性的異寫；考慮到可操作性原則，本書對出現頻率在 100 次以上（不含 100 次）的字頭均遵循異構字、規律性的異寫字、標準器的先後選擇方針，只從中選取 50 個列入字表，並在字表中標明。這類文字據初步統計共有 116 個，其他文字則貫徹窮盡性的原則，全部收錄。

（5）字形殘泐、模糊不清、無法辨認的材料均不收錄。

1.4　研究成果之綜述

1.4.1　西周金文構形的本體研究

1.4.1.1　綜合研究

目前，學術界對西周金文構形進行綜合研究的成果主要有曹永花《西周金文構形系統研究》、張再興《西周金文文字系統論》、江學旺《西周金文研究》和何雯霞《西周金文文字系統補論》。

曹永花《西周金文構形系統研究》是 1996 年北京師範大學博士學位論文，作者以王寧先生的漢字構形學理論為指導，精選了一千餘個有代表性的西周金文為分析對象，通過字樣認定、構件拆分、構形模式的分析等一系列工作，總結了西周金文的基礎構件系統和構形模式系統，是對西周金文的第一次系統測查分析。

張再興《西周金文文字系統論》是迄今為止唯一一部正式出版的西周金文構形研究成果，[註22] 是作者在其博士學位論文《西周金文字素功能研究》的基礎上修改而成的，並吸收了自己參與開發華東師範大學中國文字研究與應用中心的「金文資料庫」和「金文檢索系統」的研究成果。全書以李圃先生的字素理論為指導，以「金文資料庫」和「金文檢索系統」為工具，全面研究了西

〔註21〕張再興，《西周金文文字系統論》，上海，華東師範大學出版社，2004 年，第 10 頁。
〔註22〕張再興，《西周金文文字系統論》，上海，華東師範大學出版社，2004 年。

周金文的字頻、異體和結構，並窮盡性統計分析了西周金文的字素，進而研究了西周金文字素的功能，尤其是表義功能。

江學旺《西周金文研究》是 2001 年南京大學博士學位論文，作者以黃德寬先生有關漢字構形演變的理論爲指導，對西周金文中 1706 個已識字作窮盡性結構類型分析，發現西周金文中，指事字占 3.3%，象形字占 12.8%，會意字占 19%，形聲字占 59.9%，結構不詳字占 5%。在西周金文早、中、晚期的新增字中，形聲結構的比例都達到或超過了 80%。作者認爲，不同時代各種結構類型字分佈比例的不同，反映了文字構形方式的演化。殷商時期是以表意的構形方式爲主，而西周金文中的形聲結構明顯高於表意結構的比例，這表明西周時期漢字構形是以形聲結構方式爲主。如果就新增字來看，可以說西周時期形聲構形方式幾乎就是唯一能產的構形方式。作者還有相關論文《從西周金文看漢字構形方式的演化》。〔註 23〕

此外，何雯霞有《西周金文文字系統補論》（華東師範大學碩士學位論文，2007 年），作者認爲以往對西周金文文字構形的研究佔據的材料不夠全面，且未能深入到構件層面，歷時比較也還比較欠缺，研究還存在著很大的空間。作者從《殷周金文集成》、《近出殷周金文集錄》，以及《考古》、《文物》等專業期刊中整理出文字資料，立足《西周金文文字系統論》的研究基礎，進一步對西周金文文字系統作了研究。全文共分六章，分別對西周金文的字頻、異體、結構、構件等方面作了有益的探討。

1.4.1.2　專題研究

現有的西周金文構形研究成果中，更多的是對西周金文構形問題的某一方面作專題研究，這一方面的成果主要有（以作者音序排列）：

雷縉碚有碩士學位論文《西周金文與傳世文獻同詞異字研究》，還有《後起形聲字與金文用字字形字義之比較》。〔註 24〕李善洪有《簡論周代金文省體字》。

〔註 23〕江學旺，《從西周金文看漢字構形方式的演化》，長春，東北師範大學出版社，《古籍整理研究學刊》2003 年第 2 期。

〔註 24〕雷縉碚，《西周金文與傳世文獻同詞異字研究》，西南師範大學 2005 年碩士論文。雷縉碚，《後起形聲字與金文用字字形字義之比較》，《懷化師院學報》2006 年第 9 期。

〔註 25〕劉釗先生《古文字構形學》第四章《早期銅器銘文的構形特點》討論了早期青銅器上族徽文字的構形特點，第五章《西周金文中「聲符」的類型》則對西周金文的聲符做了一定的探討。〔註 26〕師玉梅有《西周金文形聲字的形成及構形特點考察》。〔註 27〕王祖龍有《金文「楚化」及其書史意義》。〔註 28〕楊五銘先生的《兩周金文數字合文初探》一文集中討論了金文中的數字合文現象。〔註 29〕姚淦銘先生則有《論西周銅器文字演變的軌迹》和《論兩周金文形體結構演變規律》兩文，總結西周金文的文字規律較爲深刻。〔註 30〕張桂光先生的《金文形符系統特徵的探討》通過金文與甲骨文的形符系統比較，求得了對金文形符系統特徵的初步認識。〔註 31〕張懋鎔先生的《試論商周青銅器族徽文字的結構特點》則對向稱繁難的商周青銅器族徽文字的研究方法和形體結構特點都作了初步探討。〔註 32〕還有張再興先生的系列論文《西周金文字素表聲功能二題》、《西周金文構字符素同形關係淺析》、《從字頻看西周金文文字系統的特點》、《金文構件形體的演變——基於字形屬性庫的類型學研究》、《西周金文構字符素的形體變化及其影響》。〔註 33〕這些研究既有對西周金文的結構模式、構

〔註 25〕李善洪，《簡論周代金文省體字》，《北華大學學報（社會科學版）》1997 年第 6 期。

〔註 26〕劉釗，《古文字構形學》，福州，福建人民出版社，2006 年。

〔註 27〕師玉梅，《西周金文形聲字的形成及構形特點考察》，鄭州，《華夏考古》2007 年第 2 期。

〔註 28〕王祖龍，《金文「楚化」及其書史意義》，《長江大學學報（社會科學版）》，2006 年第 2 期。

〔註 29〕楊五銘，《兩周金文數字合文初探》，北京，中華書局，《古文字研究》1979 年第 1 輯。

〔註 30〕姚淦銘，《論西周銅器文字演變的軌迹》，《蘇州科技學院學報（社會科學版）》，1986 年第 1 期。

姚淦銘，《論兩周金文形體結構演變規律》，《蘇州科技學院學報（社會科學版）》，1985 年第 6 期。

〔註 31〕張桂光，《古文字論集》，北京，中華書局，2004 年。

〔註 32〕張懋鎔，《古文字與青銅器論集》（第 2 輯），北京，科學出版社，2006 年。

〔註 33〕張再興，《西周金文字素表聲功能二題》，《中國文字研究》第四輯，南寧，廣西教育出版社，2003 年。

張再興，《西周金文構字符素同形關係淺析》，《中國文字研究》第六輯，南寧，廣西教育出版社，2005 年。

件演變的探討，也有對西周金文的用字現象、數字合文的歸納，還有從書法角度對西周金文的形體進行研究的；既有廣度，又有深度，是目前西周金文研究的主要成果。

1.4.2　西周金文構形的應用研究

　　除了對西周金文構形系統的本體研究之外，目前學術界還有利用西周金文構形系統進行具體應用研究的。眾所周知，金文研究是一門綜合了考古學、器物學、歷史學、語言學、文獻學等多個領域的交叉學科；金文構形研究雖屬於語言學中文字學的範疇，但它的研究成果同樣可以應用於其他的相關學科。如青銅器斷代一直是金文研究中的重點與難點，受到歷代學者的關注與重視。有學者利用金文文字特點和構形系統對青銅器斷代工作提供佐證，收到顯著效果。張振林先生的《試論銅器銘文形式上的時代標記》提出可以根據文字的點畫結構和銘辭的表現形式來大致判斷銅器的所屬時代，有開拓之功。〔註34〕

　　張懋鎔先生的《金文字形書體與 20 世紀的西周銅器斷代研究》則選取了 12 件年代爭議頗大的銅器，從字形書體方面與標準器對照，討論確定了它們的年代。〔註35〕張氏還以此理論爲指導，指導了一篇碩士論文——王帥的《西周早期金文字形書體演變研究與銅器斷代》（陝西師範大學，2005 年）。與此相似的還有張再興先生的《殷商西周金文中構字符素「宀」的形體演變》，作者窮盡性地分析了殷商及西周金文中的所有構字符素「宀」的寫法，歸納出「宀」隨時代變化的形體特徵，在此基礎上，對 92 件銅器的斷代提出了自己的意見。〔註36〕

張再興，《從字頻看西周金文文字系統的特點》，《語言研究》2004 年第 1 期。

張再興，《金文構件形體的演變——基於字形屬性庫的類型學研究》，《華東師範大學學報（哲學社會科學版）》2007 年第 2 期。

張再興，《西周金文構字符素的形體變化及其影響》，《瓊州大學學報》2002 年第 1 期。

〔註34〕張振林，《試論銅器銘文形式上的時代標記》，北京，中華書局，《古文字研究》1981 年第 5 輯。

〔註35〕張懋鎔，《古文字與青銅器論集》（第 2 輯），北京，科學出版社，2006 年。

〔註36〕張再興，《殷商西周金文中構字符素「宀」的形體演變》，北京，學苑出版社，《漢字研究》（第一輯）2005 年。

可以肯定，隨著西周金文文字構形系統研究的深入，必將對西周銅器斷代工作提供更多的幫助；而斷代工作的順利開展，反過來又有助於金文文字構形系統的研究。二者互相影響，互相促進，可以形成一個良性的循環。

第 2 章　西周金文構形系統基本特徵分析

　　目前的古文字研究成果中，以「文字構形」爲題，或以「文字構形」爲研究對象的論文、書籍不在少數，但對於構形學的內在含義和外在延伸，似乎還沒有取得一致的認識，所以，在具體分析西周金文構形系統之前，有必要對這一問題做一定的闡釋。

　　古文字研究的主體對象是古文字的字形，王力先生曾分字形爲兩個方面，一是字體，二是字式。字體是文字的筆畫姿態，字式是文字的結構方式。[註1]漢字構形學的研究對象無疑應該是後者，即漢字的結構方式。我們認爲，擁有三千多年發展歷史的漢字體系是一個比較完善的文字系統，系統性是漢字的內在特點之一。在這個前提之下，由一定的部件按照一定的方式組合而成的漢字，是可以依據系統論「結構——功能」模式拆分爲構件和結構兩部分的。構件就是指構成漢字的一個一個的部件，結構就是指這些部件之間的組合關係，它們共同擔負起了漢字體系應具有的功能，所以「構形研究」就是分析漢字的部件（構件）和組合關係（結構），以及它們各自的特定功能，並探索它們發展演變的歷史規律。下面我們分別分析西周金文的構件特徵和結構特徵。

〔註 1〕 王力，《漢語史稿・漢語的文字》，北京，中華書局，1980 年，第 39 頁。

2.1　構件特徵

　　一般認爲，西周金文與甲骨文是一脈相承的，二者屬於同一個系統，尤其是隨著周原甲骨的逐步出土，人們發現周原甲骨文的字體與殷墟甲骨卜辭極爲接近，而西周早期的金文也與商代晚期金文差別甚小，所以一般認爲金文與甲骨文是屬於同一個系統的，二者具有繼承關係。[註2] 也正因爲此，前人總結西周金文特徵時，多根據其與甲骨文的對比，著眼於雙方外在形態的差異，尤其是字體的不同，如認爲甲骨文瘦削方折，金文則肥厚粗壯、圓渾豐潤；甲骨文常用雙鈎，而金文則改雙鈎爲塡實等等。我們認爲，這些特徵都不是西周金文在文字學上，尤其是構形學上的內在特徵，而只是表面的字體區別。

　　西周金文的應用時間頗爲漫長，從公元前 1046 年至公元前 771 年的約三百餘年的時間裏，[註3] 西周金文廣泛應用於當時的全國各地，在這個漫長的時間裏自然演化發展，形成了既不同於以前的殷商甲骨文、也區別於後續的春秋戰國文字的獨有特徵。具體說來，在構件方面，西周金文具有以下特徵：

　　一、形體上，西周早期金文的構件形體尚不固定，中晚期則漸趨統一。

　　文字起源於圖畫，早期文字在表示語言時，最便捷的方式莫過於直接「畫」出語言要表達的對象與物體，所謂「畫成其物，隨體詰詘」。這在世界各國的早期象形文字中都得到了詳細的展現，如「月」字，埃及聖書文字作 🌙，甲骨文[註4] 作 🌙 甲一二八九 🌙 前二·三六·七，金文作 🌙 大盂鼎，又如「山」字，蘇美爾楔形文字作 ⛰，甲骨文作 ⛰ 合集六五七一，金文作 ⛰ 癸山簋，[註5] 均極爲相似。但問題在於，在這種「畫」的過程中，會有不同的觀察角度和關注重點；同時文字既非創於一人、成於一時，而且早期文字也沒有行政性的正字運動，只要寫得大致不差，便都可以同時並存，因此，反映到文字形體上就是異體眾多。

〔註2〕　近年來有學者不同意這一觀點，認爲西周金文與商代甲骨文並不是一個系統。參看趙誠，《西周金文構形系統二重性探索》，北京，中華書局，《古文字研究》2008 年第二十七輯。

〔註3〕　西周起止年代據「夏商周斷代工程」提供的《夏商周年表》。

〔註4〕　本書所引商周甲骨文字均出自徐中舒先生主編《甲骨文字典》，成都，四川辭書出版社，1989 年。下同，不再出注。

〔註5〕　周有光，《世界文字發展史》，上海，上海教育出版社，1997 年，第 148～149 頁。

西周早期金文的構件無論是獨用成字，還是組合成字時，形體都不太固定。具體表現在：

2.1.1　偏旁的位置、多寡不定

早期的許多金文不僅偏旁位置不定，而且數量多寡不一，求其便利，達意即可。如「沫」字，《說文解字・水部》：「沫，灑面也。从水末聲。，古文沫从頁。」段玉裁注曰：「《說文》作靧，从兩手掬水而灑其面，會意也。」段注可從。甲骨文作 寧二・五二、 後下一二・五等形，象一人跪坐皿旁，以雙手掬水洗面之形。此字西周金文異體眾多，分別作 史牆盤、 鑄子叔黑臣簋、 伯勇父簋、 仲栒父鬲、 追簋、 匃壺蓋、 仲師父鼎、 仲再父簋、 犀盨、 薛侯盤、 鼄叔鼄姬簋等形，雙手變為「臼」，「」表倒置之器皿，「頁」為人首之形，全字組合起來，表示一人捧皿注水，另一人以兩手承所注之水以洗面，而下又承之以皿，好似一幅具體的「洗面圖」。這些形體中或省臼，或省水，或省皿，但基本上都保留了頁旁與皿旁，因為頁是洗面之人，皿是盛水之器，代表了「洗面」的基本含義，而其他偏旁則可有可無，可多可少。

2.1.2　筆畫多寡不定

與上述偏旁位置、多寡不定相對應的，自然就會表現出筆畫的多寡不定，而且不僅合體字由於偏旁多寡不定導致筆畫多寡不定，獨體字也會出現筆畫多寡不定的情形。如「象」字，或作象祖辛尊形，或作 匽卣形，或作師湯父鼎形，均突出長鼻特徵，但筆畫多寡不定。

當然，古文字階段其實是很難分清筆畫的，大致要到隸書階段之後，文字才能夠分清筆畫；這裡所說的筆畫多寡不定其實更多的著眼於西周早期金文形體不太固定的特點而言。

2.1.3　正寫、反寫無別，橫書、側書均可

西周金文中正寫、反寫無別，橫書、側書均可的現象也較為常見。其中橫書、側書均可的現象在表示動物的象形字中尤其突出，如上舉「象」字就是一

橫寫、一豎書。又如「虎」字也有這種情況，一作虎重父辛鼎形，一作師虎簋形。

正寫、反寫無別的現象更爲常見，這是古文字書寫中的一個特點。如「虢」字既作虢叔盂形，又作「䖊」虢叔大父鼎形。「盉」字既作士山盤形，又作「䀁」來父盉形，還可作「𥁕」伯𩛥盉蓋形。

當然，這些特點是不符合文字發展規律的，必然要在西周金文的構形演變中加以調整。如果說西周早期金文還是以形體不定、異體衆多爲主要特徵的話，那麼從中、晚期開始，西周金文的構形系統已經著手大力調整，漸趨統一了。如「身」字，《說文解字・身部》：「身，躳也。象人之身。从人厂聲。」高田忠周謂象婦人懷孕之形。字形從甲骨文到西周金文早期、中期、晚期，經歷了一個從不固定到逐步統一的過程。如下表所示：

甲骨文		西周金文早期		西周金文中期		西周金文晚期	
佚 586	乙 2340	楷侯簋蓋	叔趯父卣	瘐鍾	師酉簋	通彔鍾	梁其鍾
乙 8504	乙 687	獻簋	叔趯父卣	瘐鍾	師酉簋	逆鍾	作冊封鬲
乙 6691	乙 5839	叔趯父卣	叔趯父卣	瘐鍾	師酉簋	楚公逆鍾	作冊封鬲
合 441	乙 3378			瘐鍾	師酉簋	士父鍾	毛公鼎
乙 7797				瘐鍾	師酉簋	士父鍾	叔向父禹簋
				瘐鍾	師酉簋	士父鍾	㝬簋
				𢦚方鼎	𢦚簋	梁其鍾	師克盨

			師虎鼎	彧簋	梁其鍾	師克盨
			師虎鼎	彧簋	梁其鍾	師克盨蓋

　　字形不僅從甲骨文的眾多異體統一為晚期的■形，而且從西周金文早、中期的方向不一固定為晚期的側身右向；同時，這種方向的改變也為後世從反身的「月」字的出現提供了空間和可能，體現了漢字系統內部的自我調節規律。

　　又如「莫」字，本象日在草中，會日暮之義。早期金文中或作■莫尊形，或省「茻」為「艸」，作■牽莫父卣形，晚期則統一作前者。

西周金文早期		西周金文中期		西周金文晚期	
莫尊	莫銅泡			散氏盤	
牽莫父卣	牽莫父卣				

　　其他如天、元、舟、虎、象等字都體現了這一特徵，從早期的隨意「畫成其物」演變為中後期的固定統一形體。

　　在西周金文早期，漢字發展的主導思想基本還停留在象形階段，文字構造是直接以形體反映物象，這種以形表意的構形模式決定了構件形體的不固定。因為構件形體所代表的客觀物象在現實生活中常常是變動不居的，物象變化了，直接反映物象的文字構件也相應地隨之而變；甚至同一件事物僅僅因為從不同的角度來看，也會影響到文字構件的組合。如從正面表示人體可以作「大」，從側面表示則可以作「人」、「卩」等；「鑄」字強調加工的原料則從金作「鑄」、「鐕」，強調加工的器皿則從皿作「盤」、「盈」等。這種象形字的形體不固定的特點，影響的是整個文字系統結構，正如姜亮夫先生所說：「象形字是全部漢字的基礎，因為每個字不論它有幾個部分，或二合，或三合，或四合五合，而每個部分溯其原始，都必然是一個象形。……這是漢字

結構的基本特徵。」〔註6〕另一方面，西周早期的金文還是金文發展的初級階段，沒有規範的標準，沒有統一的寫法，字形上仍不成熟，這也助長了構件形體的不固定。

但這種構件的不固定是不符合文字發展規律的，不能適應語言的發展需要，也不利於使用者對它的掌握，最終必然要導致中晚期金文通過一定的手段對構件形體進行統一與固定。

二、功能上，西周早期金文的構件更多地注重表形，以形表意；而從中期開始，西周金文的構件逐漸分化發展為相對穩定的形符系統和聲符系統，分別承擔表意和表音功能。

應該說，從甲骨文開始，文字構件的表形、表意、表音、標示等主要功能就已經基本具備，甲骨文已經是記錄語言較為成熟的文字。從這一點上來說，西周金文的構件功能與甲骨文的構件功能相比並沒有什麼特殊之處，跳不出表形、表意、表音、標示四大功能的圈子。但是從兩者構形系統的發展角度來看，西周金文構形系統相比甲骨文構形系統，形聲化的迅速發展是最突出的特點。江學旺先生曾經統計西周時期 929 個新增字的結構類型，發現其中形聲結構的比例達到了 82.3%，與甲骨文時代相比，形聲構形方式已經成為西周金文最重要的能產構形方式。〔註7〕正是從這一角度，我們總結出了上述西周金文構件的這一功能特徵。

形聲化是漢字系統的演化規律之一，這一演化早在甲骨文階段就已開始，陳夢家先生就曾指出：「（甲骨文）武丁以後到帝乙、帝辛，主要發展是形聲字的逐漸加多起來。」〔註8〕甲骨文中的形符，最開始是由形體簡單的象形字擔任，所謂「近取諸身，遠取諸物」，如表示人體的人、女、兒、大、又、止、口、目、耳、欠等，表示動物的馬、犬、蟲、魚、鳥、佳等，表示植物的禾、木、艸等，表示工具的皿、刀、矢、弓等，表示自然的水、雨、日、月、火等，構字能力相對較強；但在整個甲骨文系統中，這種情況還是佔據少數，沒有形成體系。

〔註6〕姜亮夫，《古文字學》，杭州，浙江人民出版社，1984 年，第 113 頁。

〔註7〕江學旺，《從西周金文看漢字構形方式的演化》，長春，東北師範大學出版社，《古籍整理研究學刊》2003 年第 2 期。

〔註8〕陳夢家，《殷虛卜辭綜述》，北京，中華書局，1988 年，第 80 頁。

　　西周早期金文繼承了甲骨文以形表意的主要構形模式，但也在積累著新興的形聲構形模式；到了中期，隨著社會的進步，語言的發展，形聲構形模式得到了極大的發展，逐漸分化出了一批相對穩定的形符系統來承擔表意功能，除了上述甲骨文中的形符仍然在金文中繼續使用外，其他新增的較爲主要的形符有走、頁、心、言、音、見、目、臣、手、角、羽、毛、韋、革、竹、舟、金、玉、月、車、邑等。據我們統計，整個西周金文時期，構字量超過 10 個（含 10 個）的偏旁構件有：示、玉、艸、口、走、辵、彳、言、収、革、廾、又、攵、攴、目、隹、刀、竹、虎、皿、食、木、囗、貝、邑、日、臤、禾、宀、穴、巾、人、衣、尸、舟、欠、頁、卩、勹、广、厂、馬、犬、火、大、心、水、雨、門、耳、手、女、戈、弓、糸、虫、土、田、金、車、皀、子、酉，共 63 個。這還只是就已識字而言，如果考慮到那些未識字，構字數量和比例應該還會更高。高明先生曾經總結從殷商甲骨文到漢魏隸書的形旁系統，依據表達的內容分爲六個方面，分別是（1）人和人的肢體與器官、（2）動物形體、（3）植物形體、（4）生活器具、工具和武器、（5）自然物的形體、（6）精神意識方面的事物，共歸納出一百十二種形旁。〔註 9〕高明先生列舉的這一百十二種形旁，西周金文裏均已出現，而且形體固定，位置明確，後世漢魏隸書系統中的形旁只是通過隸變將其筆畫形體改變，並無實質性的變化。這些構件在西周金文中形體固定，功能明確，構字能力極強，已經成爲成熟的構字形符。以「金」爲例，甲骨文中幾乎看不到從金之字，西周金文中從金的 26 個字中，早期出現的只有金、盠、盠、盠、鈇等區區 5 個而已，只占到約 19% 的比例，如果考慮到其中的盠、盠、盠三字還是「鑄」字異體，那麼比例還會更低。也就是說，從金之字都是從西周中期開始才大量出現的，這與冶煉技術的進步，青銅器具的大量出現是分不開的。由於社會生活的發展，頻繁參與組構新字是西周金文的構件發展成形符系統的第一個原因。

　　西周金文構件發展成形符系統的第二個原因在於，西周金文構件表意的擴大化與抽象化。隨著社會生活的發展和人民思維水平的提高，許多構件的表意範圍不斷擴大，只要在意義上能與之有一定的聯繫，就都能夠進入其構形組合範圍，這種偏旁意識的增強，大大提高了西周金文形符系統的形成速度。如果

〔註 9〕　高明，《中國古文字學通論》，北京，北京大學出版社，1996 年，第 58～129 頁。

說西周早期金文的形符還注重以形體來表示具體意義的話，那麼到了中晚期，形符經過擴大化與抽象化之後，已經不再注重具體意義，而常常表示的只是一個類屬範疇。以「邑」爲例，《說文解字·邑部》：「邑，國也。」段注：「古國、邑通稱。……《左傳》：凡邑有宗廟先君之主曰都，無曰邑。」詞義有一定的限定，統而言之，邑、國通用，析而言之，則只有無宗廟先君之主的才叫邑。但這一詞義不斷擴大之後，不僅諸侯封地可以從邑，而且一般的地名之字也都以邑爲形符，「邑」已經抽象、概括成爲一個與地名相關的偏旁。

這種形符表意的模糊性、抽象性以及形符本身意義的相近性，又直接導致了分工使用中的聯繫與通用，出現了古文字中的義近形旁通用現象。唐蘭先生在《古文字學導論》中曾經指出：「凡義相近的字，在偏旁裏可以通轉。」列舉了人與女、衣與巾、土與阜三組互相通用的例子。〔註10〕楊樹達先生也提出「義近形旁任作」的觀點。〔註11〕高明先生就曾總結古文字中義近形旁通用的32條規律性的條例，如人與女通用，首與頁通用，音與言通用，衣與巾通用等等。〔註12〕

這32條條例中，西周金文幾乎均有涉及，體現了西周金文還處於古漢字形符系統形成的初級階段這一特點。如「毓」字人、女通用，一作 史牆盤形，一作 班簋形。「顯」字首、頁通用，一作 康鼎形，一作 作冊封鬲形。「復」字辵、彳通用，一作 散氏盤形，一作 小臣謎簋形，例不枚舉。

當然，這種通用現象不是毫無邊際的，它也要受到文字規律的限制與約束。張桂光先生就曾總結義近形旁通用的條件說：「由於某些形旁的意義相近，它們在一些字中可以互易，而互易之後，不僅字義與字音不會發生任何改變，而且於字形結構上亦能按同樣的角度作出合理的解釋。只有符合這一定義的，我們才能承認它爲義近形旁通用。」〔註13〕張先生以此標準糾正了一些以往對義近

〔註10〕唐蘭，《古文字學導論》（增補本），濟南，齊魯書社，1981年，第231頁。

〔註11〕楊樹達，《積微居金文說》（增訂本），北京，中華書局，1997年。

〔註12〕高明，《古體漢字義近形旁通用例》，《高明論著選集》，北京，科學出版社，2001年，第31～61頁。

〔註13〕張桂光，《古文字義近形旁通用條件的探討》，《古文字論集》，北京，中華書局，2004年，第37頁。

形旁通用現象的一些錯誤認識，對古文字中義近形旁通用現象做了新的探討。但無論標準如何改變，定義如何嚴格，也都不能否認西周金文由於新字大量出現和偏旁意識不斷增強而逐漸發展出自己的形符系統這一特徵。

　　西周金文聲符系統的形成是與形符系統相對而言的。聲符系統由於自身的特殊性，它不需要專門調整出一批構件用於表音，從理論上講，任何一個成字構件都具備表音的條件和可能。如果說形符系統的形成需要一批表意泛化的構件來專門承擔的話，那麼聲符系統則沒有這種要求，聲符系統的形成是在與形符系統的比較中看清的。西周金文形符系統形成後，這些構成形符系統的構件基本上專門用於擔當形符，極少表音，——這一點當然不是絕對的，只是相對非形符構件而言。正是在與這批形符構件的比較中，我們說西周金文也形成了自己的聲符系統。

2.2　結構特徵

　　系統論認為，一個有機的系統是由若干要素以一定結構形式聯結構成的具有某種功能的有機整體，要素與結構是一個系統中不可分割的有機組成部分。研究西周金文構形系統，構件固然重要，結構也不可忽視。

　　前人研究文字結構的時候，多遵從「六書說」理論，把漢字分為象形、指事、會意、形聲、轉注、假借六種類型。但「六書說」的理論存在兩個問題，一是某些字的分類界限不清，一個字可以既屬這一類，又可以歸於另一類，兩屬皆可；二是有些字無法歸類，尤其是甲骨、金文發現以後，這一問題更加突出。所以唐蘭先生首先提出反對意見，另起爐竈，提出「三書說」：象形文字、象意文字、形聲文字。〔註14〕隨著研究的深入，陳夢家先生又提出「新三書說」：象形字、假借字、形聲字；〔註15〕裘錫圭先生修訂為：表意字、假借字、形聲字。〔註16〕這就是「三書說」的大致演變過程，在今天的學術界頗有影響。與此同時，王寧先生則從另一個角度入手，依據構件的功能作用和組合形式，將古今漢字分為十一種構形模式：零合成字、標形合成字、標義合成字、標音合

〔註14〕　唐蘭，《中國文字學》，上海，上海古籍出版社，2005 年，第 61 頁。

〔註15〕　陳夢家，《殷虛卜辭綜述》，北京，中華書局，1988 年。

〔註16〕　裘錫圭，《文字學概要》，北京，商務印書館，1988 年。

成字、形音合成字、義音合成字、有音綜合合成字、會形合成字、形義合成字、會義合成字、無音綜合合成字，[註17]涵蓋了所有古今漢字的結構類型。

　　相比上述已有的研究成果，本書對於西周金文構形系統結構特徵的研究，則更多地關注西周金文構件本身的基本特徵。具體說來，西周金文構形系統具有如下結構特徵：

　　一、單字構件數量多少不定，構件間的相互位置和方向也不固定。

　　西周金文處於文字的早期階段，統一性和規範性十分缺乏，表現在結構上就是許多單字的構件數量多少不定。

　　以「衛」字爲例，《說文解字·行部》：「衞，宿衞也。从韋、帀，从行。行，列衞也。」從西周金文看，早期作 蠱爵形，象四周環繞一城邑。甲骨文中有省四止爲二止或三止者，後又加囗作「圍」，李孝定曰：「衛圍古亦當爲同字，自城中者言之謂之衛，自其外者言之謂之圍，其後始孳乳爲二字耳。」[註18]衛字西周金文後改从二止，从行。又改囗爲帀作「衞」，或改从方作「衞」。構件形體、數量都不固定，只保留著核心構字意義：二止圍繞著某一對象。

	西周金文早期		西周金文中期		西周金文晚期	
蠱	 蠱爵	 弓蠱父庚爵				
	 子圍父己爵					
衛	 衛卣	 衛尊	 衛鼎	 衛鼎	 麣攸从鼎	 司寇良父壺
衞	 衛作父庚簋	 御正衛簋	 賢簋	 班簋	 蘇衛妃鼎	 蘇衛妃鼎
衞			 九年衛鼎	 裘衛盉		

〔註17〕王寧，《漢字學概要》，北京，北京師範大學出版社，2001年。

〔註18〕李孝定，《金文詁林讀後記》，香港，香港中文大學出版社，1977年，第4頁。

又如「御」字，《說文解字・彳部》：「御，使馬也。从彳从卸。 ，古文御，从又从馬。」《說文》以「馭」爲「御」之古文，但從甲骨卜辭和西周金文的用法看來，二字判然有別，「使馬」應是馭字本義，御字本義或說爲迎。這裡我們不準備討論兩字的關係，只關注御字的形體結構。西周金文中，御字形體作「御、彵、卸、圤、卸」。初形當作卸，从卩午聲，本義爲迎，《詩・召南・鵲巢》：「之子於歸，百兩御之。」鄭箋：「御，迎也。」後加意符辵爲御，又省爲彳作彵，或於初形上加口作卸，或變聲符「午」爲「土」。在這個字的結構中，只有聲符「午」相對較爲穩定，圍繞著這個聲符的其他構件數量、形體皆不固定。

	西周金文早期		西周金文中期		西周金文晚期	
卸	 大盂鼎	 御正衛簋	 㸐姬簋	 沼御事罍	 儕匜	 儕匜
御	 御簋	 叔趯父卣	 致方鼎	 遹簋	 虢叔旅鍾	 不其簋
彵					 叔猳父簋蓋	 叔猳父簋蓋
圤	 御父簋					
卸	 麥盉					

　　西周金文中，不僅單字構件數量多少不定，而且構件間的相互位置和方向也不固定。

　　以「祖」字爲例，《說文解字・示部》：「祖，始廟也。从示且聲。」甲骨、金文均作 大盂鼎形，爲盛肉之俎，象斷木側視之形，後演變爲祭神時盛肉之禮器。〔註19〕西周金文中，祖字尚未定形，除作「且」外，還有異體「俎、际、

〔註19〕唐蘭，《殷墟文字二記》，《古文字研究》第一輯，北京，中華書局，1978 年，第 55～62 頁。

旻」。其中俎、旻均加「又」旁，或強調祭神時之動作；但一在左側，一在下部，方向不一。

	西周金文早期		西周金文中期		西周金文晚期	
旻			師虎簋	師虎簋	伯家父簋蓋	郜公諴簋
			楷尊		晉侯斷簋	晉侯斷簋
俎	伯觶		呂伯簋	呂伯簋		
			友簋	友簋		

又如「品」字，《說文解字・品部》：「品，眾庶也。从三口。」甲骨文作 甲二四一、 粹一一二形，口形表示器皿，从三口者，象以多種祭物於皿中以獻神，故有繁庶眾多之意。又，殷商祭祀，直系先王與旁系先王有別，祭品各有等差，故後世品字引伸之又有等級之義。西周金文承甲骨文，也均从三口之形，但早期均為二口在上，一口在下，中期則改為一口在上，二口在下，位置改變，與今相合。

西周金文早期		西周金文中期		西周金文晚期
榮作周公簋	保卣	尹姞鬲	鮮盤	
保卣	保尊	尹姞鬲		

當然，這種位置和方向的變動是在不影響字義表達的前提下進行的，必須服從字義表達的需要，而不是隨意調換。如腳趾朝內的 厚趠方鼎代表「各」字，腳趾朝外的 毛公鼎則代表「出」字；人形面對著食器的 應侯見工簋（乙）代表「卿」字，人口背離食器的 致方鼎則代表「既」字。

　　西周金文系統的這一結構特徵是由以形表意的構形思想所決定的。西周金文還處於文字發展的初級階段，以形表意的構形思想仍然具有強大的影響力，文字構形的主導思想是通過文字形體直接反映客觀物象，而多種多樣、變動不居的客觀物象決定了直接反映物象的文字不會有一個穩定不變的字形結構。同時，西周沒有經過行政化的正字運動，文字的規範性、統一性不強，這都導致了西周金文系統中單字構件數量多少不定，構件間的相互位置和方向也不固定。

　　二、西周金文系統的構形結構從象形的平面組合為主逐步發展到表示音義的層次組合為主。

　　平面組合是指文字的各個構件或整個成字構件（獨體字）在同一個層面上參與構形，在同一個層面上表示文字的含義，文字的各個部分不可分割，一旦分割，就已經失去了它的結構意義。而層次組合則是指文字的各個構件分別擔負一定的功能，通過一定的層級一層一層地組合成字，這些層次是可以反向拆分的。

　　上文已經指出，文字是由圖畫發展而來的，在文字的初級階段，文字構形的重要手段就是以形表意，以構件的形體直接表示物象的意義，不僅單個構件如此，就是文字的整體結構也是這樣，這種圖畫式的組合方式自然就成了平面組合。而隨著文字的發展，偏旁意識的增強，尤其是形符系統和聲符系統逐漸形成以後，構字方式開始有了一定的改變，不再直接表示客觀物象的形體，而是通過表示字的音義來構成文字，這種結構上的重大調整就是西周金文構形系統的第二個結構特徵。

　　如「監」字，《說文解字・臥部》：「監，臨下也。从臥，䘓省聲。」甲骨文作 佚九三二、擟續一九○等形，林義光曰：「監即鑒之本字，上世未製銅時，以水為鑒，故《酒誥》曰：『人無於水監，當於民監。』……象皿中盛水，人臨其上之形。」[註20] 唐蘭曰：「監字本象一人立於盆側，有自監其容之意。」[註21] 整個字形是一個有機的整體，突出眼睛的人形部分和下面的皿字在同一個層面上共同構成了監字，不可分割。而西周金文則變作 頌壺形，从眼

〔註20〕林義光，《文源・卷六》，董蓮池主編，《說文解字研究文獻集成（現當代卷）》第二冊，北京，作家出版社，2007 年，第 83 頁。

〔註21〕唐蘭，《殷虛文字記》，北京，中華書局，1981 年，第 101 頁。

睛演變而來的「臣」已經與人體分開，與原來的人形組成「臥」（見）〔註22〕字，再與下面的皿字組合成監，也就是說可以分析爲：

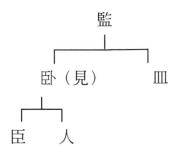

字形從圖畫式的平面組合演變爲表示音義的層次組合。

又如「歙」字，《說文解字·歙部》：「歙，歠也。从欠酓聲。」甲骨文作 𤔲 菁四形，象人俯首吐舌捧尊就飲之形，爲飲字初文。西周早期金文仍作 🅿️ 飲祖己觶形，是一個不可分割的平面，至中晚期時已作 🅰️ 紀仲觶、🅰️ 膳夫山鼎等形，表示舌頭的那一部分已經變爲了聲符「今」，整個文字結構也從平面組合發展到了層次組合。

在這種結構調整的過程中，調整手段多種多樣，既有直接加注形符的，如從表示酒器象形的「畐」到表示灌酒祭神以求福祐「福」，從象閃電糾曲之形的「申」到表示天神之義的「神」，都是直接加注形符改變了構形結構。也有直接加注音符的，如甲骨文的「禽」作 ⚡ 甲一一六七，象長柄有網的以捕鳥獸的狩獵工具之形，西周金文則直接加注聲符「今」作 🅰️ 禽簋形。還有直接變形導致音化的，如「聖」字甲骨文作 🧍 乙6533、🧍 存1.1376 等形，象人形而突出誇大其耳，西周金文則作 👂 師𤲮鼎形，人形的下部訛變爲「壬」，作爲全字的聲符。當然也有象上文「監」字那樣直接改變原有形體的。在這一過程中調整手段不一，情況多種多樣，但目的都是將西周金文系統的構形結構從象形的平面組合調整爲表示音義的層次組合。

〔註22〕趙誠：《見旁逐漸分離爲從臣從人》見其《古文字發展過程中的內部調整》一文，收入《古文字研究》1983年第十輯，北京，中華書局，第359頁。

2.3　小　結

本章從構件與結構兩個方面總結了西周金文構形系統的基本特徵。

在構件方面，西周金文具有以下特徵：

一、形體上，西周早期金文的構件形體尚不固定，中晚期則漸趨統一。

文字起源於圖畫，早期文字在表示語言時，最便捷的方式莫過於直接「畫」出語言要表達的對象與物體，但問題在於，在這種「畫」的過程中，會有不同的觀察角度和關注重點，反映到文字形體上就是異體眾多，西周早期金文的構件無論是獨用成字，還是組合成字時，形體都不太固定。

在西周金文早期，漢字發展的主導思想基本還停留在象形階段，文字構造是直接以形體反映物象，這種以形表意的構形模式決定了構件形體的不固定。因為構件形體所代表的客觀物象在現實生活中常常是變動不居的，物象變化了，直接反映物象的文字構件也要相應地隨之而變；甚至同一件事物僅僅因為從不同的角度來看，也會影響到文字構件的組合。這種象形字的形體不固定的特點，影響的是整個文字系統結構。另一方面，西周早期的金文還是金文發展的初級階段，沒有規範的標準，沒有統一的寫法，字形上仍不成熟，這也助長了構件形體的不固定。

但這種構件的不固定是不符合文字發展規律的，不能適應語言的發展需要，也不利於使用者對它的掌握，最終必然要導致中晚期金文通過一定的手段對構件形體進行統一與固定。

二、功能上，西周早期金文的構件更多地注重表形，以形表意；而從中期開始，西周金文的構件逐漸分化發展為相對穩定的形符系統和聲符系統，分別承擔表意和表音功能。

西周早期金文繼承了甲骨文以形表意的主要構形模式，但也在積累著新興的形聲構形模式；到了中期，隨著社會的進步，語言的發展，形聲構形模式得到了極大的發展，逐漸分化出了一批相對穩定的形符系統來承擔表意功能。

由於社會生活的發展，頻繁參與組構新字是西周金文時期構件發展成形符系統的第一個原因。整個西周金文時期，構字量超過 10 個（含 10 個）的偏旁構件有：示、玉、艸、口、走、辵、彳、言、収、革、廾、又、殳、攴、目、隹、刀、竹、虎、皿、食、木、囗、貝、邑、日、攼、禾、宀、穴、巾、人、

衣、尸、舟、欠、頁、卩、勹、广、厂、馬、犬、火、大、心、水、雨、門、耳、手、女、戈、弓、糸、虫、土、田、金、車、𠂤、子、酉，共 63 個。這些構件在西周金文中相對穩定，功能明確，構字能力極強，已經成爲成熟的構字形符。

西周金文構件發展成形符系統的第二個原因在於，西周金文構件表意的擴大化與抽象化。隨著社會生活的發展和人民思維水平的提高，許多構件的表意範圍不斷擴大，只要在意義上能與之有一定的聯繫，就都能夠進入其構形組合範圍，這種偏旁意識的增強，大大提高了西周金文形符系統的形成速度。如果說西周早期金文的形符還注重以形體來表示具體意義的話，那麼到了中晚期，形符經過擴大化與抽象化之後，已經不再注重具體意義，而常常表示的只是一個類屬範疇。

西周金文聲符系統的形成是與形符系統相對而言的。聲符系統由於自身的特殊性，它不需要專門調整出一批構件用於表音，從理論上講，任何一個成字構件都具備表音的條件和可能。如果說形符系統的形成需要一批表意泛化的構件來專門承擔，那麼聲符系統則沒有這種要求，聲符系統的形成是在與形符系統的比較中看清的。西周金文形符系統形成後，這些構成形符系統的構件基本上專門用於擔當形符，極少表音，——這一點當然不是絕對的，只是相對非形符構件而言。正是在與這批形符構件的比較中，我們說西周金文也形成了自己的聲符系統。

在結構方面，西周金文構形系統具有如下特徵：

一、單字構件數量多少不定，構件間的相互位置和方向也不固定。

西周金文處於文字的早期階段，統一性和規範性十分缺乏，表現在結構上就是許多單字的構件數量多少不定。

西周金文系統的這一結構特徵是由以形表意的構形思想所決定的。西周金文還處於文字發展的初級階段，以形表意的構形思想仍然具有強大的影響力，文字構形的主導思想是通過文字形體直接反映客觀物象，而多種多樣、變動不居的客觀物象決定了直接反映物象的文字不會有一個穩定不變的字形結構。同時，西周沒有經過行政化的正字運動，文字的規範性、統一性都不強，這都導致了西周金文單字構件數量多少不定，構件間的相互位置和方向也不固定。

二、西周金文系統的構形結構從象形的平面組合為主逐步發展到表示音義的層次組合為主。

平面組合是指文字的各個構件或整個成字構件（獨體字）在同一個層面上參與構形，在同一個層面上表示文字的含義，文字的各個部分不可分割，一旦分割，就已經失去了它的結構意義。而層次組合則是指文字的各個構件分別擔負一定的功能，通過一定的層級一層一層地組合成字，這些層次是可以反向拆分的。

文字由圖畫發展而來，在文字的初級階段，文字構形的重要手段就是以形表意，以構件的形體直接表示物象的意義，不僅單個構件如此，就是文字的整體結構也是這樣，這種圖畫式的組合方式自然就成了平面組合。而隨著文字的發展，偏旁意識的增強，尤其是形符系統和聲符系統逐漸形成以後，構字方式發生了重大的改變，不再直接表示客觀物象的形體，而是通過表示詞的音義來構成文字，這種結構上的重大調整就是西周金文構形系統的第二個結構特徵。

在這種結構調整的過程中，調整手段多種多樣，既有直接加注形符的，也有直接加注音符的，還有直接變形導致音化的，手段不一，多種多樣，但目的都是將西周金文系統的構形結構從象形的平面組合調整爲表示音義的層次組合。

第3章　西周金文構形系統
歷時演變論析

　　如果說上一章所分析的西周金文構形系統的基本特徵，更多的是將西周金文置於同一歷史層面所作的類型性概括、靜態性歸納的話；那麼本章所論述的西周金文構形系統的發展過程，則是將西周金文置於不同的歷史層面去考察它的演化與調整，對它作一番歷時的探討與動態的分析。這種「不同的歷史層面」對比，應該既包括西周金文與之前的殷商甲骨文的對比，也包括西周金文系統自身的早、中、晚三期對比，這才是真正全面的歷時考察。王貴元師曾經指出：「隨著漢字使用的延續，其構形一直處在不斷調整和完善的過程中。漢字構形的調整和完善主要體現在構形的要素和結構兩個方面，兩個方面的共時穩定和歷時演變，造就了漢字歷史發展的階段性，因此，可以說漢字的歷史發展實質上是其構形的發展。」[註1] 所以，要研究漢字發展史，就離不開對構形系統發展演變的研究。

　　黃德寬先生也曾指出：「漢字構形方式是一個隨著漢字體系的發展而發展的動態演進的系統。在漢字發展的不同歷史層面，構形方式系統也有著相應

〔註1〕　王貴元，《馬王堆帛書漢字構形系統研究》，南寧，廣西教育出版社，1999 年，第101 頁。

的發展和調整。」﹝註2﹞但長期以來，文字學研究者多將不同歷史階段所產生的漢字置於同一歷史層面來歸納漢字的結構類型，沒有重視對構形方式的動態歷時考察，這不能不說是一個研究的遺憾。正是在這個研究背景之下，本章致力於對西周金文構形系統的歷時發展作一個動態的分析。

3.1　單字構件的定形化演變

在第二章裏，我們已經分析了西周金文系統的基本特徵，總的說來具有構件上的形體不固定、數量不統一和結構上的位置隨意、方向不一等特徵。這些特徵既不符合文字演變規律，也不適應語言發展需要，更不利於使用者對它的掌握，因此，西周金文構形系統在自己的歷時演變過程中對這一問題進行了完善與調整，調整手段概括起來可以說是對構件和結構的定形過程，即對構形元素的定形和定量、對構形結構的定位和定向。這種定形過程又可以分爲兩大類，一是選擇式定形，二是改造式定形。

3.1.1　選擇式同化定形

所謂選擇式定形，就是在表示同一文字的眾多異體中，選用其中一個作爲代表，用來統一這個文字在獨用或組字時的形體和結構。這是文字定形過程中一種相對簡單的形式。

以「示」字爲例，《說文解字・示部》：「示，天垂象，見吉凶，所以示人也。从二。三垂，日月星也。觀乎天文，以察時變。示，神事也。」《說文解字》據小篆釋義，不夠準確。甲骨文中「示」字作 𝖳 乙八六七〇、呂 遺六二八、𝖳 綜圖二一・二、𝖳 京一九一八、𝖳 乙七六一七、𝖳 人二九八二、𝖳 佚一一四、𝖳 合集三四〇七五、𝖳 甲七四二、𝖳 粹一二一等形，象以木表或石柱爲神主之形，𝖳 應爲基本形體，上或加一短橫，左右或加小點，字形不定，一期至五期都有異體。周原甲骨文中則作 𝖳 探論二〇九、𝖳 探論一六四等形，許多異體已經淘汰。至西周金文中，「示」字僅見兩次，已經定形爲 𝖳 幾父壺、𝖳 癲鍾形。這種定形不僅體現在「示」字本身，而且「示部」中所有从示之字，示旁均定形

﹝註2﹞黃德寬，《漢字理論叢稿》，北京，商務印書館，2006 年，第 174～175 頁。

為 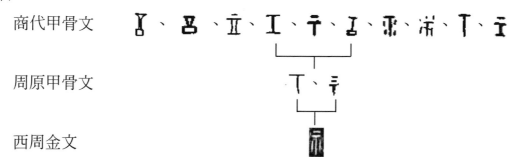，偶見作 形者，已經高度統一。（參看《西周金文分期字形表・示部》）

商代甲骨文

周原甲骨文

西周金文

又如「牧」字，《說文解字・攴部》：「牧，養牛人也。从攴从牛。《詩》曰「牧人乃夢。」甲骨文此字異體眾多，分別作 前五・四五・八、 前五・四五・七、 前五・二七・一、 乙一二七七、 後下一二・一四、 粹五○四等形，或如《說文》所說从牛，或从羊，或又增彳、止等偏旁，從一期至四期，字形不定。至西周金文，早期仍與甲骨文相似，或从牛，或从羊，但从牛顯然已經成為主流，从羊之「羧」僅僅一見。到了中、晚期，字形已經固定為从攴从牛之形，甲骨文增加的彳、止等偏旁更是從早期就已經淘汰。

	西周金文早期		西周金文中期		西周金文晚期	
牧	牧共作父丁簋	小臣謎簋	同簋蓋	免簋	南宮柳鼎	叔䟴父簋
	小臣謎簋	牧正尊	同簋		鈢攸从鼎	叔䟴父簋蓋
	小臣謎簋	牧正父己觶			鄭牧馬受簋蓋	叔䟴父簋蓋
	小臣謎簋				鄭牧馬受簋蓋	儕匜
					叔䟴父簋	儕匜
羧	又羧父己簋					

又如「逐」字，《說文解字・辵部》：「逐，追也。从辵，从豚省。」《說文》以爲逐字从豚，實則甲骨文中从豕、从兔、从鹿不定，如 合一一六、前三・三二・三、續三・四〇・三、前六・四六・三、佚九〇四等形，从趾於獸後以會追逐之意。羅振玉指出：「或从豕、或从犬、或从兔，从止。象獸走曠而人追之，故不限何獸。許雲从豚省，失之矣。」〔註3〕西周金文則定形作从犬逐簋。

牧、逐二字的定形過程可以看出西周金文構形系統在對基礎構件定形過程中的特點。在甲骨文時代，象形構字佔據構形思想的主導地位，不僅獨體構件以形表意，就是合體成字時，各個構字成分以及組合結構也是力求以形表意的，甚至不惜採用圖畫式的組合方式。文字表示的客觀物像是什麼樣子，那麼構造文字時則追求全景式的體現，一旦物象發生變化，文字也相應改變，這是早期文字不可避免的特徵。所以放牧牛群時「牧」字从牛，放牧羊群時則改从羊；追逐兔子當然从兔，追逐野鹿時又必須改从鹿，其他如「牢」字下的「牛」也一樣可以改从「羊」、从「馬」等等，因爲獻祭的祭品會根據祭祀對象的等級不同而發生變化，字形自然也相應調整，這是甲骨文系統的構形特徵。裘錫圭先生就曾指出：「商代人用表意字，往往比後世分得細。後世用一個表意字表示的意義，他們往往分用幾個表意字來表示。例如在商代，與大牢、小牢之別相應，牢字也有从牛與从羊二體，到周代就只用从牛的牢字了。」〔註4〕這種細分表意字的深層原因就是以形表意的構形思想。

等到文字構形系統發展到西周金文系統時，隨著客觀事物的日趨繁複，以及人們思維水平的提高，這一構形思想逐漸發生改變，從以形表意開始向通過字的音義來表意的方向轉變。於是不管放牧羊群還是放牧牛群，「牧」字一律从牛，不管追逐兔子還是追逐野鹿，「逐」字一律从犬，因爲「牛」、「犬」在這裡已經被抽象、概括成爲所有對象的代表。我們將這一過程稱之爲同化過程，即將沒有區別作用的、代表相同意義的不同形體歸整爲一個構件形體，其他形體則逐漸淘汰消亡。同化後的這些構件形體，與其說它們仍然表示著某一具體的

〔註3〕 羅振玉，《殷虛書契考釋三種（下）》，北京，中華書局，2006年，第523頁。

〔註4〕 裘錫圭，《甲骨文字考釋（八篇）》，北京，中華書局，《古文字研究》1981年第二輯，第154頁。

客觀物象，不如說它們已經同化爲一個代表符號，這是西周金文構形系統的一個重大轉變。

3.1.2　改造式類化定形

改造式定形，就是在文字的演變過程中，改變文字的原有形體，以原有字形爲基礎改造出新的形體。如果說選擇式定形更多的著眼於選擇單字的形體，那麼改造式定形常常造成文字結構的改變。所謂改造式類化定形，就是指在改變字形的過程中，遵循以類相從的指導原則，爲同一類屬文字選用構件時的類一化，這是改造式定形最突出的表現。具體說來，這種「同一類屬」既包括形體上的近似，也包括意義上的關聯，目前的研究多關注前者而往往忽視後者。

文字學界對「類化」的定義與本書稍有差異，一般研究者分析類化時常常是針對有關單字的考察而言，而本書所分析的類化更多地是從整個構形系統的角度來關注。如劉釗先生在《古文字構形學》中說：「類化又稱『同化』，是指文字在發展演變中，受所處的具體語言環境和受同一文字系統內部其他文字的影響，同時也受自身形體的影響，在構形和形體上相應地有所改變的現象。這種現象反映了文字『趨同性』的規律，是文字規範化的表現。」〔註5〕張湧泉先生則認爲：「人們書寫的時候，因受上下文或其他因素的影響，給本有偏旁的字加上偏旁，或者將偏旁變成與上下文或其他字一致，這就是文字學上所謂的類化法。」〔註6〕今天有關古文字類化的研究中，大家關注較多的仍然是受上下文影響所導致的字形演變。事實上，在我們看來，類化並不僅僅是受上下文的影響而產生的，張湧泉先生也提到過一種「受潛意識影響的類化」，他說：「類化現象的發生並不一定是受上下文的影響。由於受習語或相關因素的影響，有時人們在寫甲字時卻會受到乙字的類化，儘管乙字在特定的上下文裏並沒有出現。我們把這種類化稱之爲受潛意識影響的類化。」〔註7〕這種所謂的「受潛意識影響的類化」與本書所說的「類化」就有一定的相似性，爲同一類屬的文字選用構件時的類一化行爲也可以看作一種潛意識

〔註5〕　劉釗，《古文字構形學》，福州，福建人民出版社，2006年，第95頁。

〔註6〕　張湧泉，《漢語俗字研究》，長沙，嶽麓書社，1995年，第62頁。

〔註7〕　張湧泉，《漢語俗字研究》，長沙，嶽麓書社，1995年，第66頁。

的行爲。因此，我們認爲，文字系統在構形演變的過程中，爲了加強區別性、突出系統性而進行的類一化改造，也應該歸屬爲「類化」現象，這是構形系統對文字形體所作的一種規律性改造。

這種改造式類化定形根據改造的目的可以分爲兩大類：一是爲增強區別性的類化改造，一是爲突出系統性的類化改造。

3.1.2.1　增強區別性的類化改造

早期漢字的發展強調以形表意，通過形體特徵來標示漢字的文字意義。在文字數量不多的階段，這一手法尚能完成準確表達語言的任務；但隨著語言的日益複雜，尤其是文字的符號化趨勢逐漸增強，許多有相似形體特徵的文字慢慢混淆起來，無法突出自己的特點。爲了解決這一問題，西周金文在發展過程中通過類化調整來達到增強區別性的目的。

例如，甲骨文中的「山」與「火」字形相近，常常混淆。「山」字可作 合六五七一、 佚六七、 探二四等形，「火」字可作 合一一五〇三、 後下三七‧四、 甲一九三七、 寧一‧四八四等形。到了西周金文時期，「山」字早期作 山父丁觶、 啓作祖丁尊等形，中、晚期均作 士山盤、 膳夫山鼎等形。從山之字，如「密」 趞簋、「朓」 大克鼎等均作了相應的改變。而「火」字西周金文中雖然沒有單行之字，但從火之字的火旁均作 形，如「炎」 作冊夨令簋、「燮」 叔趞父卣、 散氏盤、「焚」 多友鼎、「寮」 庸伯緻簋、「燹」 裘衛盉等，例不煩舉。西周金文中的山、火已經不再混淆，從山、從火之字也分別類化，二者截然分開，判然有別。

又如，甲骨文中常見 形，如「臽」字作 乙八八五九形，象人陷入坎中之形。又如「舂」字作 續五‧二‧四形，象兩手持杵臨臼搗粟之形。又「舊」字作 前二‧五‧一形，本爲鳥名，借作新舊之舊。因 形不僅可表坎穴，還用於表示器皿。爲了區別，在西周金文中表示坎穴的 形都類化成了 形，如「臽」字作 嚳鍾形，從臼之字，「瞽」 鹏從盨、「瞽」 南公有司鼎等都作了相應的改變。「舂」字作 伯舂盉，「舊」字作 盠駒尊、 永盂形。這種類化改造不僅增強了近似文字之間的區別性，而且類化之後的文字表意性也更加清晰。

3.1.2.2　突出系統性的類化改造

除了上述爲增強區別性而進行的類化改造外，漢字系統更重要的類化改造是突出系統性的類化改造。趙誠先生曾經指出：「根據漢字發展的大勢來看，愈是古老的系統，形體差別愈豐富。分類愈多，特殊而例外的現象愈複雜。與此相應，規範性就要弱得多。從某種意義上來講，這種現象對於語言是一種負擔。最好的解決方法之一就是以類相從，按照類的關係發展，特殊的書寫符號向形、音、義相近的某一類靠攏，逐步減少例外和特殊，簡言之可稱爲類化。」〔註8〕

我們以《西周金文分期字形表》中的「示部」字爲例。「示部」共收有：祜、禮、祿、福、祐、神、祇、禋、祭、祀、祖、礿、祼、祝、祈、禦等 16 個字，〔註9〕這其中禮、祿、福、祐、神、祭、祀、祖、祝、禦等 10 字在甲骨文中是不從示的，單憑右邊的構件表意，其中禮、祿二字直到西周金文階段仍然如此。甲骨文中，「豊」（禮）字象事神之器，內有祭祀之物，「彔」（祿）字初形或說象桔槔汲水之象形，後假借表福祿之意，「畐」（福）字象以酒器灌酒表示求福之祭，「右」（祐）字以右手之形表示給予援助，「申」（神）字以閃電之形表天神之意，「夕」（祭）字以手持肉會祭祀之意，「巳」（祀）字或說象子未成之形，爲「胎」之初文，假借爲祀，或說爲「子」之省文，以祭祀中代表神主之尸的小兒形表意，「且」（祖）字或說爲牡器之形，由初民之生殖崇拜引申爲始祖之意，或說象切肉之俎形，由切肉之器演變爲祭神的載肉之禮器，由祭祀祖先引申爲始祖之意。「兄」（祝）字象人跪拜禱告之形，「禦」字也常見用「御」爲「禦」。

這些字與「示」字所表示的祖先之意多多少少都可以存在一定的聯繫，於是在西周金文構形系統中，這些字均類化加上「示」旁，其中「祖」字雖然仍以「且」形爲主，但在中期也開始出現從示之形 ▉ 彊伯鼎，而福、祐、神、祭、祀、祝、禦等字已經完全定形爲從示，那些甲骨文時期不從示的形體已經淘汰消亡，或不再承擔原有的意義。這是一個典型的改造式類化定形過程，儘管其中不乏其他的異體，但最終都是從示之字取得了主流的地位。

〔註8〕　趙誠，《古文字發展過程中的內部調整》，北京，中華書局，《古文字研究》1983 年第十輯，第 255 頁。

〔註9〕　「禜」字考釋尚無定論，此處不計入內。

在西周金文構形系統中，這種類似的類化定形還有很多，當然可能沒有如上文「示部」那樣歸整與嚴密，但卻不能否認這種趨勢與規律。其他的情況如與行走之意有關的多加「辵」、「止」、「走」或「彳」等部件，「走」字西周金文在甲骨文的基礎上加止、辵作 大盂鼎、走簋等形，「遣」字甲骨文作 後下一二三、甲一五四〇等形，西周金文或加「辵」作 聲鐘、或加「走」作 班簋等形。

與動作有關的則加「又」（手）、「攴」等部件，「射」字甲骨文、商代金文均多作 形，西周金文中晚期則加「又」（手）作 鄂侯鼎。「學」字甲骨文作 乙七五三、前五・二〇・一、京四八三六等形，西周金文不僅加「子」作 靜簋，而且又在此基礎上加「攴」作 沈子它簋蓋。

其他如與植物相關的加「艸」、「木」，與河流有關的加「水」，與地名有關的加「邑」，與心理有關的加「心」，與金屬相關的加「金」，與食物有關的加「食」，與器具有關的加「皿」，等等情況，不一而足，都屬於典型的類化定形。

根據這種類化的手段和方法，我們可以將其分為兩大類：

3.1.2.2.1　在已有表意字的基礎上加注形符

在已有表意字的基礎上加注形符是類化定形中的一個主要方面。正如上文所述，在西周金文構形系統的發展過程中，隨著人民思維水平的提高，形符表意的類屬化思想、符號化概念的不斷增強，使得原有的甲骨文中的許多表意字，尤其是那些以形表意的表意字不能適應語言的需要，於是構形系統通過加注形符的方法來進行調整。這種在表意字的基礎上加注形符的方法又可以根據目的分為三類：

（1）為明確本義而加注形符

許多西周金文中的表意字為了明確本義而加注形符。如「各」字，《說文解字・口部》：「各，異辭也。從口、夂。夂者，有行而止之，不相聽也。」甲骨文作 合集五四三九、前五・二四・四、京一九三五、甲二四三七，于省吾先生說：「甲骨文各字初形作 或 ，後來作 或 ，最後變作 或 。最後之形，周代金文因之。字上從 ，象倒趾形，下從 ，即《說文》的凵字，典籍通作坎。各字象人之足趾向下陷入坑坎，故各字有停止不前之

義。」〔註 10〕于先生所說大致不差，或以凵字象古人穴居之象；各字以倒止和凵形會至、來之意是大家公認的。西周金文字形承甲骨文，亦作 虢季子白盤形。但也出現了加「彳」形的「徦」字 沈子它簋蓋、執卣和加「辵」形的「逄」字 庚嬴卣。「彳」爲「行」之省，彳、辵均表行走之意，西周金文加注它們於「各」字之上，就是爲了明確「各」字的本義。後世字義分化，「各」字承擔《說文》所說的「異詞也」的指示代詞，「徦」字則專門用來表示格至行來的本義，秦漢以後又作「格」字。

又如「正」字，《說文解字·正部》：「正，是也。从止，一以止。」甲骨文作 遺四五八、合二七八形，从止从口，止象腳趾，口表城邑，足趾朝向口形，會征行之義。〔註 11〕周原甲骨文中，所見「正」字已作 探一三形，口形已簡省爲一短橫。至西周金文中，字義分化，表征行之義的「正」字已加「彳」旁作「征」利簋、史牆盤，而「正」字用於表正月、官長等義。

上文所舉的「示部」之字的例子，有一些就是屬於這種爲明確本義而加注形符的情況，如祭、祝等字。

（2）為明確引伸義而加注形符

西周金文中爲明確引伸義而加注形符的情況也很常見。如上文所說的「神」字。《說文解字·示部》：「神，天神，引出萬物者也。从示、申。」金文中或作 大克鼎形，象閃電糾結之形。初民以爲閃電乃天神所爲，故引伸有天神之義；爲明確這一詞義，西周金文加注「示」旁爲「神」字，作 寧簋蓋、癲鍾形。

（3）為明確假借義而加注形符

文字的發展與語言的發展是不平衡的，文字的發展常常要落後於語言，表現在文字上就是假借字的大量出現；但假借字的數量不是無限的，爲了限制假借字的規模，同時從文字上更好地解決文字與語言的矛盾，構形系統常常在假

〔註 10〕于省吾，《甲骨文字釋林》，北京，中華書局，1979 年，第 398 頁。

〔註 11〕楊樹達，《積微居小學述林》，北京，中華書局，1983 年，第 49～50 頁。

借字的基礎上加注形符，從而分化、構造新字。

我們仍以「示部」之字爲例。如「祀」字，《說文解字・示部》：「祀，祭無已也。從示巳聲。」甲骨文作 ⟨字形⟩ 粹一一五、⟨字形⟩ 合三〇七五七、⟨字形⟩ 存一・二五七、⟨字形⟩ 粹四二八、⟨字形⟩ 合三七三九八等形，西周金文作 ⟨字形⟩ 天亡簋、⟨字形⟩ 繁卣形。「祀」字本字當爲「巳」，高田忠周謂象子未成形，殆即「胎」字初文。〔註12〕後假借爲「祀」字，故於「巳」上加一形符「示」，爲此假借義造一專字。

3.1.2.2.2　改換原字的一部分形體以形成形符

改換原字的形體以形成形符是另一種類化方法，這種方法的主要目的是爲了強化字義，突出類屬性。例如「僕」字，《說文解字・業部》：「僕，給事者。從人從業，業亦聲。 ⟨字形⟩ ，古文從臣。」甲骨文作 ⟨字形⟩ 後下二〇・一〇形，象身附尾飾，手捧畚箕以執賤役之人。頭部從辛，表示其人曾受黥刑。西周金文異體眾多，分別作 ⟨字形⟩ 呂仲僕爵、⟨字形⟩ 靜簋、⟨字形⟩ 旂鼎、⟨字形⟩ 師旂鼎、⟨字形⟩ 令鼎等形，其中一個共同之點就是變增「人」旁，更好地體現了僕字含義。

西周金文構形系統的這種改造式類化定形，最大的成果就是產生了一批相對穩定的構字形符系統。在上一章我們已經指出，整個西周金文時期，構字量超過 10 個（含 10 個）的偏旁構件有：示、玉、艸、口、走、辵、彳、言、収、革、廾、又、殳、攴、目、隹、刀、竹、虎、皿、食、木、囗、貝、邑、日、臦、禾、宀、穴、巾、人、衣、尸、舟、欠、頁、卩、勹、广、厂、馬、犬、火、大、心、水、雨、門、耳、手、女、戈、弓、糸、虫、土、田、金、車、𦣞、子、酉，共 63 個。這還只是就已識字而言，如果考慮到那些未識字，構字數量和比例應該還會更高。後世出現的那些基本偏旁，西周金文中幾乎均已產生。

這些構件在西周金文中形體固定，功能明確，已經成爲成熟的構字形符。它們不僅組合構字能力極強，而且在字形中的位置方位基本固定，如示、玉、走、言、食、木、貝、人、石、水、金、糸、車等形符常位於字的左部，刀、卩、攴、斤、欠等形符常位於字的右部，艸、竹、宀、穴、虍、門等形符常位

〔註12〕張世超、孫凌安、金國泰、馬如森，《金文形義通解》，東京，中文出版社，1996年，第 3474 頁。

於字的上部，止、皿、火、心、土等形符常位於字的下部，已經頗爲統一。還要指出的是，這些構件的形體和結構不僅在整個西周的早、中、晚三期大致穩定，就是在號稱「奇詭多變」的戰國文字中，它們的形體和結構也是變化不大的。何琳儀先生在《戰國文字通論（訂補）》中早已指出：「戰國文字經歷長期簡化、繁化、異化的演變過程，儘管存在大量的『文字異形』現象，然而從總體來看，各系文字的基本偏旁、偏旁位置相對穩定，……戰國文字形體結構雖然顯得紛紜複雜，但是其基本偏旁與殷周文字一脈相承，變化不大。」〔註 13〕何先生在隨後的舉例論證中，就列舉了大量上述的形符例子，從另一個方面證明了西周金文形符系統的穩定性。

這一形符系統的出現，說明了西周金文構形思想中以形表意的構形模式已經向以音義表詞的構形模式轉換。構形系統已經不再追求圖畫式地表現客觀物象的形體，而是將表達對象的意義類屬化、符號化，是最初階段的「分別部居，不相雜廁」，〔註 14〕這是對舊有模式的重大突破，從有限的象形表意構字階段發展到了無限的意音組合構字階段。

與此相應，在結構層面上，這種象形表意向意音表意的轉換帶來了平面組合向層次組合的發展，因爲這種構形模式所產生的文字至少可以分析爲兩個層次，甚至分析爲更多的層次也是十分常見的。構形模式和組合方式的這兩個轉變，是西周金文構形系統走向成熟的開始。

3.2　構形系統的形聲化發展

上一節我們討論了西周金文系統中的單字構形情況，本節我們討論整個西周金文系統的構形演變特點。王寧先生曾經指出：「僅僅探討漢字個體字符的形體變化不能稱作漢字史，只有在弄清個體字符形體變化的基礎上，考查出漢字構形系統的總體演變規律，並且對這種演變的內在和外在的原因做出符合歷史的解釋，才能稱爲漢字史。」〔註 15〕

〔註 13〕何琳儀，《戰國文字通論（訂補）》，南京，江蘇教育出版社，2003 年，第 249 頁。

〔註 14〕許慎，《說文解字》，北京，中華書局，1963 年，第 316 頁。

〔註 15〕王寧，《漢字構形史叢書·總序》，參見羅衛東《春秋金文構形系統研究》，上海，上海教育出版社，2005 年，第 5 頁。

　　從整個構形系統的角度來看，西周金文構形系統演變的主要特徵就是形聲化的迅速發展。黃德寬先生曾經分別選取甲骨文、《說文解字》中的小篆和《六書略》中的楷書爲對象，統計整個漢字體系中不同結構類型的分佈情況，列表如下：〔註16〕

字　體 ＼ 類　型		指　事	象　形	會　意	形　聲	總　計
甲骨文	字量	47	310	411	319	1087
	比例	4.32	28.51	37.81	29.34	100%
小篆	字量	117	347	819	8070	9353
	比例	1.25	3.71	8.75	86.29	100%
楷書	字量	123	481	821	21841	23266
	比例	0.53	2.07	3.53	93.87	100%

　　儘管甲骨文和小篆的許多字結構不明，而楷書中一些字的分類還有分歧，上述統計結果不可能是精確的；但我們仍然可以看出，整個漢字體系的結構模式是向形聲結構發展的，形聲化是漢字發展的基本規律之一。這是對整個漢字體系中結構模式的靜態分佈的統計。

　　如果從動態的角度來看，從西周金文階段開始，形聲結構已經是漢字構形模式中最重要的構形方式。江學旺先生曾將所有西周金文中的已識字分爲「沿用字」和「新增字」兩個部分，所謂「沿用字」，指西周以前的商代甲骨文和商代金文中已出現的字，以及西周各期之前已出現的字。「新增字」指各個時期新增加的、新出現的字。〔註17〕

　　這種劃分當然不盡合理，由於各種資料的限制，我們事實上無法確切地掌握西周以前的所有文字資料，自然也就無法精確地區別沿用字和新增字；但從漢字構形的動態考察角度來看，這種劃分又是必要的。正如王寧先生在評議《秦簡文字系統之研究》時所說的：「將個體字符分爲傳承字和新出字兩類，……具有一定的『冒險性』，但在理論上又是非常必要的。因爲，傳承字

〔註16〕黃德寬，《古漢字形聲結構論考》，吉林大學博士論文，指導教師：姚孝遂，1996年。

〔註17〕江學旺，《西周金文研究》，南京大學博士論文，指導教師：黃德寬，2001年。

的構形要依賴源字的形體，重在觀察其演變；而新出字則無歷史依據，重在觀察其自身結構。在理論上將其劃分，是很有必要的。」〔註18〕正因爲此，江學旺先生統計了整個西周金文的有關結構類型分佈情況如下：〔註19〕

類 型 ＼ 模 式		指 事	象 形	會 意	形 聲	不 詳	合 計
沿用字	字量	47	202	236	286	53	824
	比例	5.7	24.5	28.7	34.7	6.4	100%
新增字	字量	10	22	97	765	35	929
	比例	1.1	2.4	10.4	82.3	3.8	100%
已識字	字量	57	224	333	1051	88	1753
	比例	3.3	12.8	19.0	59.9	5.0	100%

從上表可以看出，在其分析的西周金文中，形聲結構占 59.9%，相比其他結構模式居於優勢地位；如果從新增字的角度來看，指事、象形結構已經十分萎縮，分別爲 1.1%和 2.4%，會意結構也只有 10.4%，而形聲結構則高達 82.3%，相比之下佔據絕對優勢，可以說形聲構形方式已經發展爲西周時期最重要、最能產的構形方式了。正是從西周金文階段開始的這種形聲結構的快速、穩定發展，才導致了後世漢字形聲模式的絕對優勢地位。

然而，與形聲結構這種重要地位不相稱的是，對形聲結構的研究，歷來並不多見。這是因爲在傳統的「六書」理論研究中，一般認爲形聲結構許愼已言之甚明，不像其他結構那麼複雜多變，徐鍇就說形聲是「六書之中，最爲淺末」。〔註20〕所以黃侃先生指出：「有清一代研究象形、指事、會意者多，故三者多已發其精蘊；研究形聲者少，故形聲今猶未大明。」〔註21〕直到古文字研究興盛之後，始有學者對形聲結構加以關注，開始研究，如吳振武先生的《古文字中形聲字類別的研究》〔註22〕、趙平安先生的《形聲字的歷史類型

〔註18〕轉引自郝茂，《秦簡文字系統之研究》，烏魯木齊，新疆大學出版社，2001 年，第 385 頁。

〔註19〕江學旺，《西周金文研究》，南京大學博士論文，指導教師：黃德寬，2001 年。

〔註20〕徐鍇，《說文解字繫傳》卷三十九，北京，中華書局，1987 年，第頁。

〔註21〕黃侃，《文字聲韻訓詁筆記》，上海，上海古籍出版社，1983 年，第 35 頁。

〔註22〕吳振武，《古文字中形聲字類別的研究》，《研究生論文集刊》1982 年第 1 期。

及其特點》〔註 23〕、黃德寬先生的《古漢字形聲結構論考》〔註 24〕、姚孝遂先生的《論形符和聲符的相對性》〔註 25〕等文，專論西周金文形聲字的則有師玉梅先生的《西周金文形聲字的形成及構形特點考察》〔註 26〕；上述成果都對形聲結構的形成和特點作了有益的探索和研究。

　　許慎在《說文解字》中爲「形聲」定義爲：「形聲者，以事爲名，取譬相成。」〔註 27〕段玉裁注云：「以事爲名，爲半義也；取譬相成，爲半聲也。」〔註 28〕這是將形聲字置於同一歷史層面所作的定義，是靜態考察的結果，並沒有反映出形聲字在構形系統中的發展過程。本節我們吸取上述研究成果，根據形聲字的產生途徑將西周金文中的形聲字分門別類進行分析，既可考察西周金文中形聲字的類型與規律，又能看出西周金文構形系統形聲化的發展特徵。

3.2.1　注形式

　　注形式形聲字是指在已有文字的基礎上，通過添加形符的方式產生的形聲字。由於已有文字的性質不同，又可以分爲兩大類：即本字加注形符和借字加注形符。

3.2.1.1　本字加注形符

　　本字加注形符是指在已有本字的情況下，通過加注形符的方式形成新的形聲字。

　　祭，《說文解字・示部》：「祭，祭祀也。從示，以手持肉。」甲骨文作 🖋️
乙五三二一、🖋️ 存二・六二〇、🖋️ 前一・五・四，象以手持 D 之形，D 即肉，或以

〔註 23〕趙平安，《形聲字的歷史類型及其特點》，《河北大學學報》1988 年第 1 期。

〔註 24〕黃德寬，《古漢字形聲結構論考》，吉林大學博士論文，指導教師：姚孝遂，1996 年。

〔註 25〕姚孝遂，《論形符和聲符的相對性》，《容庚先生百年誕辰紀念文集》，廣州，廣東人民出版社，1998 年。

〔註 26〕師玉梅，《西周金文形聲字的形成及構形特點考察》，鄭州，《華夏考古》2007 年第 2 期。

〔註 27〕許慎，《說文解字》，北京，中華書局，1963 年，第 314 頁。

〔註 28〕段玉裁，《說文解字注》，上海，上海古籍出版社，1988 年，第 755 頁。

數量不等之小點象血滴之形。西周加注形符「示」作 呂壺蓋、 史喜鼎形，變會意爲形聲。

　　恒，《說文解字‧二部》：「恒，常也。從心從舟，在二之間上下。心以舟施，恒也。，古文恒從月。《詩》曰：如月之恒。」西周早期金文有 姞互母觶形，從月從二，當爲《說文》所引《詩經》「如月之恒」的本字。又加形符「心」作 恆父簋、 恆簋蓋形，則成從心互聲之形聲字，《說文》所說「從舟」，當爲月字之訛。

　　賓，《說文解字‧貝部》：「賓，所敬也。從貝㝉聲。」甲骨文作 合一四〇二、 合二二九七八、 合一二四八、 合一五四〇等形，上從宀象屋形，下從人、卩、女，皆表人形，下或從止，示有人自外而來，全字象人在室內迎賓之形。西周早期金文承之，亦有 匚賓父癸鼎形，下或加「口」作 仲幾父簋形。又因賓客常隨身帶禮物貨貝而來，又加形符「貝」作 般甗、 士山盤、 史頌簋形，從貝㝉聲。

　　裘，《說文解字‧裘部》：「裘，皮衣也。從衣求聲。一曰象形，與衰同意。，古文省衣。」楊樹達先生分析說：「裘字甲骨文作 ，象衣裘之形，此純象形字也。金文次卣作 ，爲第一步之發展，此於象形初文加聲旁又字也。裘與又古音皆在咍部，故以又爲裘字之聲也。……第二步之發展爲乖伯簋之 ，以衣字爲其形，而以象形加聲旁 字之又聲爲其聲，變爲形聲字，而初文 字象形之痕迹不然消失不可尋矣。」〔註29〕楊說可從，但也有可以修正之處。西周早期金文已有從衣求聲的裘字 不壽簋，中期也出現了 九年衛鼎、 九年衛鼎，爲《說文》小篆所本，可見裘字的形聲化過程早在西周金文早、中期就已經完成了。

　　這種在本字基礎上加注形符產生形聲字的情況有兩點需要注意。一是這種形聲字與會意字有著密切的關係，可以分析成會意兼形聲，聲旁亦可表意，甚至有時候常常不作形聲字看待，而是直接當成會意字。如果從同一歷史層面的

〔註29〕楊樹達，《積微居金文說》（增訂本），北京，中華書局，1997年，第179頁。

靜態角度來看，不考慮文字的形成演變過程，當作會意字的分析無可厚非；但如果從文字的動態演進角度來看，加注的形符起到了一種標示或區分的作用，分析爲形聲字結構可能更爲合理。

　　二是這種形聲字與前文所說的改造式類化定形較爲相似，準確地說，這種形聲字是改造式類化定形中的一種，正是由於類化思想的促進，形聲化的進程才大大加速。只是前文是從單字定形的角度分析，而本節則是從系統演進的角度考察。

3.2.1.2　借字加注形符

　　借字加注形符是指在假借字的基礎上，通過加注形符的方式形成新的形聲字。

　　唯，《說文解字・口部》：「唯，諾也。从口隹聲。」本字當爲「隹」，《說文解字・隹部》：「隹，鳥之短尾總名也。象形。」西周金文作 太保盃、 士上盃，象鳥尾之形。後借作語氣詞，加形符「口」作 應侯見工簋（乙），口旁亦可位於右側 潘君簠匜，从口隹聲。

　　誨，《說文解字・言部》：「誨，曉教也。从言每聲。」西周金文多假「每」字爲之，《說文解字・屮部》：「每，艸盛上出也。从屮母聲」。金文作 何尊、 訇鼎形，上部不从屮，或以爲「象毛羽斜插女首，乃古代飾品」，〔註30〕中期訇鼎有「訇乃每於夥」，「每」字借作「誨」。後於字形上加「言」旁作 史牆盤、 不其簋形。

　　妣，《說文解字・女部》：「妣，歿母也。从女比聲。 ，籀文妣省。」甲骨文此字作 人一八二二形，从二匕，商代金文或省作 褱妣辛簋、 戈妣辛鼎形。後假借作「妣」字，西周金文於字形上加「女」旁作 致方鼎、 召仲鬲形，與《說文》籀文同。

　　應該說，借字加注形符式的形聲字相比本字加注形符式的形聲字是大大促進了形聲化的發展，開闢了形聲化過程的新途徑，而且避免了本字加注形符式

〔註30〕王獻唐，《釋每美》，《中國文字・第九卷・三十五冊》，臺灣大學文學院中國文學系編印，1970 年，第 3934 頁。

與會意字界限不清的問題。同時，由於假借字專用表音的特性，這種方式產生的形聲字相比本字加注形符式的形聲字，顯得更爲純粹，所以許多研究者認爲「最早的形聲字不是直接用意符和音符組成，而是通過在假借字上加注意符或在表意字上加注音符而產生的。」〔註 31〕

3.2.2　注聲式

注聲式形聲字是指在已有文字的基礎上，通過添加聲符的方式產生的形聲字。

鑄，《說文解字・金部》：「鑄，銷金也。从金壽聲。」西周早期金文作「盤」作冊大方鼎，或作「盥」太保卣、王七祀壺蓋，又作「盈」太保方鼎等，从𦥑、从鬲、从火、从皿，象以手持坩堝倒入器皿之形，會銷金鑄器之意。至中期時始加聲符己，作「鐳」塑肇家鬲、作冊益卣，或作「鼏」王人𤰈輔甗，晚期則有今日所見之「鑄」字晉侯鬲，或作「鐳」師同鼎，或作「鼏」彔盨，或作「鼏」虢叔盨等。儘管意符繁簡不同，但聲符始終保有。

釐，《說文解字・里部》：「釐，家福也。从里𠩺聲。」林義光曰：「里、𠩺皆聲也。」〔註 32〕可從。甲骨文字作合八一三六、甲二六九五等形，象手持來（意同麥），以攴擊之使脫粒之形，以示有豐收之喜慶，引伸之爲福祉之義，爲釐之初文。西周金文承之作幽公盨、師寰簋等形，又加聲符「里」作應侯見工簋（乙）、小克鼎形，或省作「釐」芮伯壺。

由於被注文字的性質不同，有時候會產生「多聲」現象。如：

福，西周金文有異體「禦」周乎卣、周乎卣，从福从北；又有「祧」作或者鼎，从示从北。古音福在幫紐職部，北字也在幫紐職部，聲韻全同，「北」應爲「福」字所加注的聲符，形成多聲現象。

〔註 31〕 裘錫圭，《文字學概要》，北京，商務印書館，1988 年，第 151 頁。

〔註 32〕 林義光，《文源・卷十二》，董蓮池主編，《說文解字研究文獻集成（現當代卷）》第二冊，北京，作家出版社，2007 年，第 133 頁。

曩，西周金文中屢見「曩國」、「曩侯」，甲骨文作 前三‧一八‧四形，商代金文有族徽字作 ，西周金文多作 無曩簋。又西周金文中「曩」字亦可作「其」，如無曩簋蓋中的「曩」字或作 無曩簋蓋、 無曩簋蓋形，或作 無曩簋蓋、 無曩簋蓋形，可見此字是在「其」字的基礎上加聲符「己」而成。己字古音在見紐之部，表地名的其字古音亦在見紐之部，聲韻全同，形成多聲字現象。

需要說明的是，西周中晚期以及春秋時期還有一個「紀國」，「紀」字也常常作「曩」形，但這個字應該是在「己」字的基礎上加聲符「其」形成的，因為「紀國」又可作「己國」，如紀侯簋：「己（紀）侯作姜縈簋。」己侯貉子簋蓋：「己（紀）侯貉子分己姜寶。」這兩個字只是同形字，形成過程並不相同，但都可以看作多聲字。由於這種現象是疊床架屋式的累增，不符合漢字發展規律，所以多聲字並不多見。

在加注聲符的形聲字中，研究者一般認為不存在借字加注聲符的情況，如趙平安先生就曾提到：「到目為止，我們還沒有發現在借字基礎上增累聲符的現象。」〔註33〕但如果上述有關「曩」字的分析能夠成立的話，或許可以看作假借字加注聲符的例子。因為「曩」字又可以「其」表示，而「其」的本義為畚箕之形，考慮到地名用字常用假借的規律，因此，「曩」字應是先假借「其」字表示地名，後又加「己」分化出專用地名字；而「紀國」之「曩」則是先借「己」字表示，後又加「其」分化。

3.2.3　改造式

改造式形聲字是指將已有文字的一部分改換成聲符所產生的形聲字，許多研究者稱之為「變形音化」，裘錫圭《釋「勿」「發」》、劉釗《古文字構形學》、張桂光《古文字中的形體訛變》、趙平安《形聲字的歷史類型及其特點》都曾對這一現象做過一定的探討，是文字形聲化過程中一個重要現象。

望，《說文》別「望」與「朢」為二字，《說文解字‧壬部》：「朢，月滿與日相朢，以朝君也。從月從臣從壬。壬，朝廷也。」《說文解字‧亡部》：「望，

〔註33〕趙平安，《形聲字的歷史類型及其特點》，《河北大學學報》1988 年第 1 期，第 72
　　　頁。

出亡在外，望其還也。從亡，聖省聲。」西周金文中則通用無別。甲骨文作 ![字形] 後上三一・九、 ![字形] 庫一五九二、 ![字形] 人二五二九等形，象人舉目遙望之形，或於人足下加土形，以示其登高企足放目遙望之意。西周金文承之作 ![字形] 作冊旂尊、 ![字形] 保尊、 ![字形] 大師虘簋形，又增「月」字於目形之前方，象人遙望天月之形，如 ![字形] 作冊魖卣、 ![字形] 大師虘簋、 ![字形] 趠鼎，又變人目爲「亡」字，作全字聲符，如 ![字形] 走馬休盤、 ![字形] 無叀鼎，演變軌迹如下：

![字形] 保尊、 ![字形] 保卣—— ![字形] 趠鼎—— ![字形] 師望鼎、 ![字形] 大師小子師望壺—— ![字形] 無叀鼎

聖，《說文解字・耳部》：「聖，通也。從耳呈聲。」甲骨文作 ![字形] 乙 6533、 ![字形] 存 1.1376 等形，象人形而突出誇大其耳，旁有口形，以象耳聽聞自口發出聲音之意。聖之本意爲聲音入耳，又引伸爲通，無所不通，則引伸爲聖賢之意，所以古文字中聖、聽、聲三字同源。西周金文中聖字則作 ![字形] 史牆盤、 ![字形] 師趠鬲形，下部之人形已經發生訛變，在人形的下部加了一短橫，至春秋早期，又於人形中部加一短橫，訛變爲「壬」，作爲全字的聲符，如 ![字形] 曾伯黍簠、 ![字形] 曾伯黍簠。

又如「珏」字，《說文解字・珏部》：「珏，二玉相合爲一珏。」甲骨文作 ![字形] 乙八三五四、 ![字形] 存一・三九七、 ![字形] 鄴三・四二・六等形，王國維曰：「殷時玉與貝皆貨幣也，……其用爲貨幣及服御者皆小玉小貝而有物爲以繫之。所繫之貝玉，於玉則謂之珏，於貝則謂之朋，然二者於古實爲一字。」〔註34〕西周金文則改作 ![字形] 毁形，從玉殼聲，《說文》古文即淵源於此。這一改換改象形爲形聲，進一步突出了「珏」字的類屬性。

改造式形聲字還有一種改換聲符的情況。上述「變形音化」的情況多是在表意字的基礎上改造，而改換聲符則是在形聲字的基礎上，通過改換聲符的方式形成的。劉釗先生《古文字構形學》作了專門的論述，可以參看。

飦，《說文解字・丮部》：「飦，設飪也。從丮從食，才聲。讀若載。」甲

〔註34〕王國維，《觀堂集林・卷三・說珏朋》，北京，中華書局，1959 年，第 161 頁。

骨文作 續五・一四・三、甲二六九五、京四七三七等形，从廾从，才聲，會手持熟食祭神之意。西周金文承之，多作沈子它簋蓋、師虤鼎形。或改聲符「才」爲「甾」，作嬴霝德簋形，或省廾作數睞敁簋，仍以「甾」爲聲符。古音才在从紐之部，甾在莊紐之部，聲紐相近，韻部相同，故可以改換。

3.2.4 形聲同取式

形聲同取式形聲字是指造字過程中，同時選取一個表音構件、一個表義構件組合而成的形聲字。從理論上來講，形聲化的過程必然包括形聲同取式的構形方法；但從實際情況來看，由於我們掌握的資料有限，同時對許多形聲字的構形和結構並不瞭解，要判斷出哪些字是一次性完成的形聲同取式還是十分困難的。

黃德寬先生在討論形聲字時，曾爲判斷形聲同取式設立了兩個前提：「一是這些形聲字我們尚未發現它們分步發展的蹤迹，即它們一開始便是以一種完善的形聲結構出現的；二是這些字的構成有著與之密切相關的特定的語言文化背景——比如在一定時期與這些形聲字相關的語言文化現象十分流行，構字者浸潤其中，可以毫不費力地實現構字的願望；或在某一時期一類新事物的出現引發出一大批新字的產生，無須經過艱難漫長的發展、形成過程。」〔註35〕黃先生還列舉了一批可能是形聲同取式的形聲字，如卜辭中从「木」的「柳、杞、榆、柏……」，還有从「水」的「河、涂、洛、汝……」等等，以專有名詞爲主。

我們認爲，考察形聲同取式的形聲字，重點並不在於確定一批屬於形聲同取的形聲字，而是要認清這一構形方式的重要地位。首先，形聲字發展到形聲同取式階段是形聲構形方式發展成熟的重要標誌，它不再需要借助表意字或假借字的「橋梁」來完成目標，這種方式不僅克服了單獨以形表意的局限和單獨以音標意的混亂，而且還把兩者的優勢結合起來，使形聲字的發展進入到一個無限組合的自由階段。

其次，形聲字發展到形聲同取式階段也是整個漢字構形模式發展成熟的

〔註35〕黃德寬，《古漢字形聲結構論考》，吉林大學博士論文，指導教師：姚孝遂，1996年。

重要標誌，從此以後，漢字構形模式最大限度地統一了形、音、義三要素，使它們緊密地結合爲一個有機的整體，一方面保證了文字必要的區別性與標示性，一方面強調了系統內在的類屬性和歸納性，在保證記錄語言的前提下，這種構形方式可以用盡可能少的文字符號，來記錄盡可能多的語義內容，解決了字少義多的潛在矛盾，使得文字能更好地記錄語言，適應語言的發展。可以說，從此以後，新增文字基本都是以形聲構形模式產生的，形聲構形模式是構建新字的主要手段，標誌著漢字構形模式發展到了最高階段。

而西周金文構形系統中，形聲構形的各種方式和手段都已經具備並十分成熟，整個分佈比例也從甲骨文階段的 29.34%增長到西周金文的 59.9%，形聲化已經是西周金文構形系統的主要演變規律之一。如果說形聲同取式形聲字的產生是漢字構形模式在方式手段上成熟的標誌的話，那麼西周金文系統就是漢字構形模式在時間階段上成熟的標誌，也就是說，漢字構形系統在西周金文構形系統中已經走向成熟。

3.3　歷時演變的動因探討

上文我們概述了西周金文構形系統中的定形化演變和形聲化發展兩個歷時演變的特徵，本節我們探討促使這些演變產生的內在動因。唐蘭先生說過：「不懂得『演化』，就不能研究文字學，尤其是中國文字學。」〔註36〕我們認爲，要真正懂得演化，就不僅要總結、歸納文字演化的類型與特徵，更要探討背後支撐文字演化的動因與目的。

文字學研究者早就注意到了文字的演化，如許慎就總結說：「書者，如也。以迄五帝三王之世，改易殊體，封泰山者七十有二代，靡有同焉。……及宣王太史籀著大篆十五篇，與古文或異。至孔子書六經，左丘明述春秋傳，皆以古文，厥意可得而說。其後諸侯力政，不統於王，惡禮樂之害己，而皆去其典籍，分爲七國，田疇異畝，車途異軌，律令異法，衣冠異制，言語異聲，文字異形。秦始皇帝初兼天下，丞相李斯乃奏同之，罷其不與秦文合者。斯作《倉頡篇》，中車府令趙高作《爰歷篇》，太史令胡毋敬作《博學篇》，皆取史籀大篆，或頗省改，所謂小篆者也。是時秦燒滅經書，滌除舊典，大發隸卒，興役戍，官獄

〔註36〕唐蘭，《中國文字學》，上海，上海古籍出版社，2005 年，第 93 頁。

職務繁，初有隸書，以趣約易，而古文由此絕矣。自爾秦書有八體：一曰大篆，二曰小篆，三曰刻符，四曰蟲書，五曰摹印，六曰署書，七曰殳書，八曰隸書。漢興有草書。」〔註37〕後世的文字學著作多依此概括爲篆、隸、楷、草的發展階段。但是，這只是一種字體的歷時演化，而不是文字構形系統的發展演變；只是文字外形的演變更替，而不是文字內部的發展規律。

文字起源於圖畫，是爲了記錄語言而產生的；具體說來，漢字是通過記錄語言中的詞來表達語義的。而詞是個音、義結合體，記錄詞的「漢字不單純是個字形問題，而是漢語語素（義/音）的物化」。〔註38〕漢字既可以通過描繪詞所代表的物象形體來記錄語言，也可以通過記錄詞的讀音來表達語言。在文字發展的早期階段，由於還沒有脫離圖畫文字的影響，文字的形體，多來源於客觀事物的圖像，所謂「近取諸身，遠取諸物」，仍然保存著極強的圖像性，甲骨文、早期金文都具有這種以形表意的文字特點。但由於客觀物象的本身是多種多樣、變動不居的，物象變化了，直接反映物象的文字也會相應地隨之而變；甚至同一件事物僅僅因爲從不同的角度來看，也會影響到文字構件的組合。這種寫詞方式的特點反映在漢字構形系統上就是構件形體不定、數量不定，結構正反無別、正倒無別。

但是，任何成熟的文字體系，都不可能是僅僅憑藉其文字形體本身來表達概念的。更重要的是，音、義結合體的詞是單一的、固定的，這與文字的構件形體不定、數量不定，結構正反無別、正倒無別等特點無疑是矛盾的，這種矛盾的衝突就促使文字的構件和結構向定形、定量、定位、定向等方向發展，使得漢字形體趨於固定、統一，使得漢字結構走向規整、嚴密，西周金文構形系統正是通過同化、類化等手段初步完成了文字定形這一基本任務。

另一方面，在構形方式的選擇上，無論是側重表意的象形、指事、會意，還是側重表音的假借，都沒有完全突出詞的「音義結合」這一特性；只有形聲構形模式一方面通過形符標示詞義，一方面通過聲符提示詞音，完美地體現了作爲音義結合體的詞的特性，既避免了單獨以形表意的局限性和單獨以音標意

〔註37〕許慎，《說文解字》，北京，中華書局，1963年，第314～315頁。

〔註38〕李圃，《秦簡文字系統之研究‧序》，烏魯木齊，新疆大學出版社，2001年，第1頁。

容易導致的混亂局面，又保證了可以用盡可能少的文字符號，來記錄盡可能多的語義內容。可以說，形聲構形模式最大限度地統一了形、音、義三要素，完全符合漢字表詞特性的需要，在漢字發展的歷史中，最終成爲了最重要的構形模式。而西周金文構形模式中，各種形聲化的手段和途徑都已經具備，並且形聲字已經佔據主流地位，占西周金文總量的 59.9%，新增字的 82.3%，這些都說明了西周金文構形系統的演變是符合漢字演變的內在規律的。

　　總而言之，漢字構形的發展規律就是由直接以形表意、通過字形直接反映物象向以字記詞、通過記錄詞的音義來記錄語義的方向發展，這是西周金文構形系統發展演變的內在動因。同時，西周金文階段，文字的定形化和形聲化的發展也標誌著構形系統已經處於成熟階段。

3.4　小　結

　　西周金文構形系統的歷時演變主要是單字構件的定形化發展和構形系統的形聲化發展。

　　單字構件的定形化演變又可以分爲兩大類，一是選擇式定形，二是改造式定形。所謂選擇式定形，就是在表示同一文字的眾多異體中，選用其中一個作爲代表，用來統一這個文字在獨用或組字時的形體和結構。這是文字定形過程中一種相對簡單的形式。這種同化過程，多是將沒有區別作用的、代表相同意義的不同形體歸整爲一個構件形體，其他形體則逐漸淘汰消亡。同化後的這些構件形體，與其說它們仍然表示著某一具體的客觀物象，不如說它們已經同化爲一個代表符號，這是西周金文構形系統的一個重大轉變。

　　改造式定形，就是在文字的演變過程中，改變文字的原有形體，以原有字形爲基礎改造出新的形體。如果說選擇式定形更多的著眼於選擇單字的形體，那麼改造式定形常常造成文字結構的改變。所謂改造式類化定形，就是指在改變字形的過程中，爲表示同一類屬的文字選用構件時的類一化，這是改造式定形最突出的表現。

　　這種改造式類化定形根據改造的目的可以分爲兩大類：一是爲增強區別性的類化改造，一是爲突出系統性的類化改造。而後者根據類化的手段和方法，又可以分爲「在已有表意字的基礎上加注形符」和「改換原字的一部分形體以

形成形符」。

西周金文構形系統中突出系統性的類化改造，最大的成果就是產生了一批相對穩定的構字形符系統。這一形符系統的出現，說明了西周金文構形思想中以形表意的構形模式已經向以音義表詞的構形模式轉換。構形系統已經不再追求圖畫式地表現客觀物象的形體，而是將表達對象的意義類屬化、符號化，是最初階段的「分別部居，不相雜廁」，這是對舊有模式的重大突破，從有限的象形表意構字階段發展到了無限的意音組合構字階段。與此相應，在結構層面上，這種象形表意向意音表意的轉換帶來了平面組合向層次組合的發展，因爲這種構形模式所產生的文字至少可以分析爲兩個層次，甚至分析爲更多的層次也是十分常見的。構形模式和組合方式的這兩個轉變，是西周金文構形系統走向成熟的開始。

構形系統的形聲化演變方面，在西周金文中，形聲結構相比其他結構模式居於優勢地位，已經發展爲西周時期最重要、最能產的構形方式了。西周金文的形聲化方式有注形式、注聲式、改造式和形聲同取式四種，這其中，形聲同取式是形聲構形方式發展成熟的重要標誌，也是整個漢字構形模式發展成熟的重要標誌。

西周金文構形系統的演變發展是服從整個漢字構形系統發展規律的，漢字構形的發展規律就是由直接以形表意、通過字形直接反映物象向以字記詞、通過記錄詞的音義來記錄語義的方向發展，這是西周金文構形系統發展演變的內在動因。同時，西周金文階段，文字的定形化和形聲化的發展也標誌著構形系統已經處於成熟階段。

第 4 章　西周金文異構字研究

　　上兩章我們分析了西周金文中構件系統的基本特徵和構形系統的歷時演變，認爲西周金文的主導構形思想雖然是以形表意，通過字形直接反映物象，但也開始出現一定的轉變，開始向著以字記詞、通過記錄詞的音義來記錄語義的方向發展，尤其是其中的同化定形、類化定形等一系列現象突出地反映了這一演變過程。而與這一理解相對應的是，傳統觀點多認爲西周金文中異體眾多，與上述構形思想指導下的定形過程似乎並不相符，需要具體分析。本章就是選取西周金文中的所有異構字爲研究對象，考察它們的形成方式、分佈比例和產生動因，進而考察它們所反映的西周金文構形過程中的特點和規律。

4.1　字樣的整理

　　字樣是指文字的書寫樣式，文本中存在的每個字形都是一個字樣。尤其是古文字階段，字形多種多樣，個體色彩強烈，要研究文字構形，就必須先進行字樣的整理。

4.1.1　字樣整理原則
　　對字樣進行整理、歸納，首先需要確定整理的原則。漢字構形學認爲，文字是構件和功能的共同結合體，所以「字形整理即是對字樣從形體的構成和功

能兩方面認同和別異」。〔註1〕文字是記錄語言的符號，它必須與語言中的詞結合起來才能發揮作用，記詞功能是我們字樣整理首先要考慮的原則；同時，文字的形體又是文字功能的具體承擔者，是文字的外在形式，只有記詞功能和文字形體都相同的情況下，我們才能將兩個或兩個以上的字樣確定爲同一個字樣。具體說來，在西周金文字樣整理中，需要注意以下原則：

1、凡是記詞功能不同者，一律定爲不同字樣。如「福」、「祭」二字分別記錄了語言中兩個不同的詞，應該定爲兩個不同的字樣。

2、記詞功能相同，但包含不同構件者爲不同字樣。如「福」、「䘺」兩個形體記錄了同一個詞義，但一從畐聲，一從北聲，應該定爲兩個不同的字樣。

3、構字構件的形體與數量均相同，但因構件位置改變而形成的字樣，我們定爲不同的字樣，如「既」敦方鼎與「䭈」大師虘簋雖然構意相同，但構件位置不同，我們定爲不同的字樣。

4、考慮到西周金文的構件特徵，對於因筆畫的多少和結合的鬆緊而形成的不同的形體，如果沒有引起構件的混同，我們將其定爲同一個字樣。如「帝」字或作仲師父鼎形，或作天亡簋形，我們看作同一個字樣。

5、對於因個人書寫風格不同而形成的筆畫肥瘦、長短等差異的字樣，也定爲同一個字樣。

遵循上述原則，我們編制了《西周金文分期字形表》，在各個字頭的統率之下，窮盡性地列出了所有西周金文字樣，這是我們研究和分析的材料基礎。

4.1.2 字樣之間關係

經過對字樣的認同和別異之後，我們得到了一個個具體的字樣，它們之間可以分爲同形字、異寫字和異構字三類。同功能同形字就是文本中反覆出現的字形；異功能同形字就是功能不同而形體完全相同的字樣，這一類型的字樣因不利於文字的使用而出現較少。

〔註1〕 王貴元，《馬王堆帛書漢字構形系統研究》，南寧，廣西教育出版社，1999年，第22頁。

而異寫字和異構字，都是因為功能相同而形體不同造成的，一般合稱為異體字。異寫字是因書寫和字形演進的不規則而形成的同一形體的不同變化形式，異構字是指功能相同而形體構成不同的字。〔註2〕二者相比，異寫字多是個人性的、臨時的變化，或是字形演進不規則所導致的，屬於書寫方面的差異，而沒有構意方面的差別；異構字則在構件形體、構件數量、構件功能等方面存在著一定的不同。〔註3〕由此可見，對於文字發展史來說，異構字更能體現文字演變規律，展現文字發展歷史。

我們所編撰的《西周金文分期字形表》共收錄了西周階段的單字 2584 個，其中 262 個金文出現有異構字，占到 10.14% 的比例，這些異構情況各異，類型不一，需要逐一分析。

4.2　異構字研究

4.2.1　異構構意分析

同一個文字的不同形體能夠並行不悖地運用於相對封閉的同一個時期以內，說明它們都得到了社會的承認與認可，具有一定的構意可以分析，可以看作一個造字的過程，其中體現了造字者的主觀意圖，從中可以分析文字構形的特點和規律。下面我們窮盡性地分析西周金文階段所出現的異構字，前列《西周金文分期字形表》中的統率字頭，後列所有該字頭下出現的異構，並逐一分析其構意，尤其是那些不同於他字的特殊構意。

1、福－敱、㝨、抵、槊、福、窟、竈

「福」字西周金文作 癲鍾形，从示，畐聲。畐為酒器之象形，象以酒祭於神主之前，灌酒於神以報神之福。西周金文異構眾多，且構意不一，需具體分析。

敱，西周金文作 亞㠱父乙觶形，所從之「又」會手持之意。

〔註2〕 王貴元，《簡帛文獻用字研究》，《西北大學學報》（哲學社會科學版），2008 年 5 月。

〔註3〕 王貴元，《馬王堆帛書漢字構形系統研究》，南寧，廣西教育出版社，1999 年，第15～18 頁。

禜，西周金文作 屬鼎形，从宀表祭祀場所，从玉表祭祀品類。

禘，西周金文作 周宅匜形，與禜字同意。

福，西周金文作 王伯姜鼎形，从宀表祭祀場所。

祓，西周金文作 或者鼎形，从示，北聲。古音福、北均在幫紐職部，

　　聲韻皆同。

禚，西周金文作 周乎卣形，所从畐、北均爲聲符，屬於多聲符字。

寶，西周金文作 醽史屚壺形，从貝與从玉同意，或說此字構意受「寶」

　　字影響。

2、禋－寎、瘕

　　西周金文「禋」字作「寎」，爲 史牆盤形，《周禮・大宗伯》：「以禋祀祀
昊天上帝。」鄭玄注：「禋之言煙，周人尙臭，煙氣之臭聞者。」故此字从煙省。
又，《說文・示部》：「禋，潔祀也。一曰精意以享爲禋。从示垔聲。 ，籀文
从宀。」此从宀與籀文同。

　　瘕，西周金文作 醽史屚壺形，示部發生位移，而火部則訛爲大形。

3、祭－祟

　　西周金文「祭」字作 史喜鼎形，象以手持肉祭於神主前之意。或又作
我方鼎形，《殷墟書契後編》卷上第 20 頁第九片有「祭」字作 形，[註4] 金
文與之相比，省略表持肉之「又」字。

4、祖－且、昰（俎）、祖

　　西周金文「且（祖）」字作 伯晨鼎形，象盛肉之俎，象斷木側視之形，
後演變爲祭神時盛肉之禮器。[註5] 或說爲牡器象形，由初民之生殖崇拜引申爲
始祖之意。

　　昰（俎），西周金文作 楷尊、 呂伯簋形，从又，強調祭神時之動作。

〔註4〕 轉引自馬承源主編，《商周青銅器銘文選》，北京，文物出版社，1988 年，第 86 頁。

〔註5〕 唐蘭，《殷墟文字二記》，《古文字研究》第一輯，北京，中華書局，1978 年，第
　　　 55～62 頁。

祖，西周金文作 彊伯鼎形，从示。

5、祈－龤、𤞥、𧩙

龤，西周金文作 追簋蓋形，甲骨文中已有此字，用為神祇名或地名，金
文中借為「祈」字。

𤞥，西周金文作 晉侯穌馬方壺形，从广从單。

𧩙，西周金文作 伯公父簠形，从言，表祈禱之意。

6、珏－瑴、𤦲

瑴，西周金文作 夾毀形，《說文・珏部》：「珏，二玉相合為一珏。𤦲，
珏或从瑴。」

𤦲，西周金文作 鄂侯鼎形，从○，即玉璧之象形初文。

7、每－姆

每，西周金文作 㝬鼎形，或以為「象毛羽斜插女首，乃古代飾品」。〔註6〕

姆，西周金文作 召尊形，从女，與从母同意。

8、荆－刅、刱

刅，西周金文作 鴻叔簋形，唐蘭：「 應為从艸刈聲， 即刈字，本
象人的手足因荆刺而被創傷，人形訛為刀形，因而或加井形而作刱
字，即創傷之創的本字，增艸而為荆棘之荆。」〔註7〕

刱，西周金文作 過伯簋形，从井聲。

9、若－芔

若，西周金文作 麥方尊形。甲骨文作 前五・二四・四、 甲一一五三等形，
或說象一人跽坐理髮使順之形，故有順義，當為「若」字本義。金文

〔註6〕 王獻唐，《釋每美》，《中國文字・第九卷・三十五冊》，臺灣大學文學院中國文學
　　　 系編印，1970 年，第 3934 頁。

〔註7〕 唐蘭，《論周昭王時代的青銅器銘刻》，《古文字研究》第二輯，北京，中華書局，
　　　 1981 年。

承甲文字形，或加口作 麥方尊、 毛公鼎等，表應答之意，後世典籍此意作「諾」字。

芇，西周金文作 大盂鼎形。

9、𡰻－𧾷

𡰻，西周金文作 散氏盤、 大簋形，从又从屮。

𧾷，西周金文作 叔簋形，从「又」變為从「欠」，或說从「止」以表地名。

10、莫－苜

莫，西周金文作 莫尊形，象日落於草莽之中。

苜，西周金文作 莫尊形，从屮與从茻同意。

11、莽－奔

莽，西周金文作 戒作鎬宮鬲形，从茻，夯聲，《說文》所無。

奔，西周金文作 楚簋形，从屮，夯聲。

12、必－𤕪

必，西周金文作 南宮乎鍾形，為「柲」之本字。

𤕪，西周金文作 師道簋形，意為用於賞賜的戈柲之柲。从一，从二必，構意待考。

13、牱－𤛮、𤝡

𤛮，西周金文作 大簋形，从牛，剛聲。

𤝡，西周金文作 牱劫尊形，从羊，剛聲。

14、名－𥐲

名，西周金文作 南宮乎鍾形，《說文‧口部》：「名，自命也。從口從夕。夕者，冥也。冥不相見，故以口自名。」

𥐲，西周金文作 楚公逆鍾形，此字見於楚公逆鍾，該鍾原器已佚，自宋以來的銘文摹本也毀於大火，目前所見為清代阮元的翻刻，字形失真

嚴重，常有訛誤不可識者，此處「名」字何以从木，亦需待考。

15、召－卲、[illegible]、[illegible]、[illegible]、[illegible]、[illegible]、[illegible]

召，西周金文作三年㾓壺形，甲骨文作粹五一八、林二・二九・一、前二・二二・一等形，或說象雙手取持酒樽於基座，匕爲取酒之柶，表示主賓相見，相互紹介，侑於樽俎之間，當爲「紹介」之「紹」的初文，匕後來聲化爲刀，字形省作「召」。

卲，西周金文作多友鼎形，从召从㔾。

[illegible]，西周金文作𠭯仲卣形，與甲骨文同。

[illegible]，西周金文作叔尊形，與甲骨文同。

[illegible]，西周金文作召尊形，从月，楊樹達：字或从月者，「昭」之古字也，昭之从日，明之从月，與此相同。〔註 8〕

[illegible]，西周金文作大盂鼎形，增从廾，突出雙手。

[illegible]，西周金文作禹鼎形，从二匕。

[illegible]，西周金文作逨鼎辛形，从二匕。

16、周－𠁳

周，西周金文作史牆盤形，或說爲古「琱」字。

𠁳，西周金文作叔夨方鼎形，不从口。《甲骨文字詁林》：甲骨文周字不从口，爲方國名或地名之專用字。古文字中方國名或地名之專用字如「魯」、「商」、「唐」、「吳」等等，每每增「口」作爲偏旁。……林義光《文源》以爲象周帀之形，可備一說。〔註 9〕

17、各－洛

各，西周金文作厚趠方鼎形，《說文・口部》：「各，異辭也。从口、夂。夂者，有行而止之，不相聽也。」甲骨文作合集五四三九、前五・二

〔註 8〕楊樹達，《積微居小學述林》，北京，中華書局，1983 年，第 95 頁。

〔註 9〕于省吾主編，《甲骨文字詁林》（第三冊），北京，中華書局，1996 年，第 2128 頁。

四・四、[圖] 京一九三五、[圖] 甲二四三七，于省吾先生說：「甲骨文各字初形作[圖]或[圖]，後來作[圖]或[圖]，最後變作[圖]或[圖]。最後之形，周代金文因之。[圖]字上从[圖]，象倒趾形，下从[圖]，即《說文》的凵字，典籍通作坎。各字象人之足趾向下陷入坑坎，故各字有停止不前之義。」〔註10〕金文與甲骨文同。

迲，西周金文作[圖]庚嬴卣形，从辵，強調行走之意。

徣，西周金文作[圖]執卣形，从彳與从辵同意。

18、緻—斆

緻，西周金文作[圖]仲緻卣形。

斆，西周金文作[圖]斆作父辛卣形，从口。

19、嚴—厰

嚴，西周金文作[圖]虢叔旅鍾、[圖]井人妄鍾形，《說文・吅部》：「嚴，教命急也。从吅厰聲。[圖]，古文。」《說文》古文與金文同。

厰，西周金文作[圖]不其簋蓋形，不从吅。

20、單—巢

單，西周金文作[圖]單子卣、[圖]小臣單觶形，或說即古之「干」字。

巢，西周金文作[圖]散氏盤形，下部訛變。

21、走—徒

走，西周金文作[圖]大盂鼎形，上部為雙臂擺動大跨步之人形，下部从止以表疾走之意。

徒，西周金文作[圖]大盂鼎形，从辵表奔走之意。

22、趄—逗

趄，西周金文作[圖]虢季子白盤形；逗，西周金文作[圖]史牆盤形，从走與从辵

〔註10〕于省吾，《甲骨文字釋林》，北京，中華書局，1979 年，第 398 頁。

同意。

23、赴－趙

赴，西周金文作 趙盂形；趙，西周金文作 裘衛盉形，甫、父古音同屬魚部。

24、歸－歸、避、歸

歸，西周金文作 應侯見工鍾形，《說文・止部》：「歸，女嫁也。从止，从婦省，𠂤聲。」

歸，西周金文作 矢令方彝形，甲骨文亦多作此形，从𠂤从帚。

歸，西周金文作 不其簋形，从口。

避，西周金文作 不其簋蓋形，从辵。

25、登－昇、奱

昇，西周金文作 盂爵形，象兩手捧豆，有所進獻之意。奱，西周金文作 五年師旋簋形，从癶。

26、正－㞛

正，西周金文作 御正衛簋、 邢侯方彝形，或說上部表城邑，足部向之，表征行之意。

㞛，西周金文作 牧正尊、 作龍母尊形，从二止朝向城邑以表征行之意。

27、邁－徦、臺

邁，西周金文作 晉侯鞸盨形；徦，西周金文作 庚嬴卣形；臺，西周金文作 仲疌父簋形，从辵、从彳、从止同意。

28、造－逜、簉、𥨒、艁、窖

造，西周金文作 史造作父癸鼎形，《說文・止部》：「造，就也。从辵告聲。譚長說造，上士也。 ，古文造从舟。」此字金文異體眾多。

迻，西周金文作 ▨ 史造作父癸鼎形，從舟與《說文》古文同。

遷，西周金文作 ▨ 頌簋形；寤，西周金文作 ▨ 頌簋蓋形。《周禮·地官·司門》：「凡四方之賓客造焉，則以告。」此處從宀與「賓」、「客」字從宀同意。

艁，西周金文作 ▨ 頌壺形，從舟從宀。

寠，西周金文作 ▨ 嫱之造戈形，從又，強調製造之動作。

29、逆－遌、䢓、迮

逆，西周金文作 ▨ 三年癲壺形，從辵從屰，甲骨文本作 ▨ 續三·二四·六、▨ 後下一一·一六，羅振玉曰：「屰為倒人形，象人自外入而辵以迎之。」〔註11〕

䢓，西周金文作 ▨ 逆歔父辛鼎形，從行從止，與從辵同意。

遌，西周金文作 ▨ 多友鼎形，從口。

迮，西周金文作 ▨ 伯者父簋形，從辵從牛，古音逆在疑母鐸部，牛在疑母之部，聲部相同，韻部旁對轉，這種將表意字的一部分構件改造為與其形體相近的表音構件，古文字學界稱之為變形音化。

30、邁－僑

邁，西周金文作 ▨ 蟎鼎形，從辵菁聲；僑，西周金文作 ▨ 保卣形，從彳菁聲，從辵、從彳同。

31、通－俑、暹

通，西周金文作 ▨ 癲鐘形，從辵甬聲；俑，西周金文作 ▨ 九年衛鼎形，從彳從辵同意。暹，西周金文作 ▨ 頌鼎形，從日，示其語意乃日月（時間）無窮，與時間相關之昔、昱諸字皆從日，期、多之異體亦從日。而「通」字亦與時間相關，如《易·繫辭上》：「一闔一闢謂之變，往來不窮謂之通。」

〔註11〕羅振玉，《殷虛書契考釋三種（下）》，北京，中華書局，2006年，第523頁。

32、遣－趲

遣，西周金文作 ![字形] 虢鍾形；趲，西周金文作 ![字形] 虢鍾形，從辵與從走同意。

33、遹－矞、遹、遺、卽

遹，西周金文作 ![字形] 大盂鼎形；矞，西周金文作 ![字形] 小克鼎形。白川靜：矞字字形所示乃象立矛於臺座之形也，即揭舉象徵征伐權之矛以示威武之字。

遹，西周金文作 ![字形] 翏生盨形，從臼。馬承源：遹即遹字的另一結體，《說文》矞字籀文作 ![字形] 可證。

卽，西周金文作 ![字形] 鄂侯鼎形，從卩，即尸（夷），銘文中指淮夷邦國。

遺，西周金文作 ![字形] 寧遹簋形，從貝。

34、遺－遣

遺，西周金文作 ![字形] 應侯見工鍾形；遣，西周金文作 ![字形] 鄂侯鼎、![字形] 作冊益卣形，下部不從貝，而從類似小字的諸點形，與彔字下部類同，疑象雙手指間遺漏水滴或米粒狀，以表遺漏之意。

35、道－衜、遧、衜、衜

道，西周金文作 ![字形] 吳虎簋形；衜，西周金文作 ![字形] 貉子卣形；遧，西周金文作 ![字形] 散氏盤形，從彳、從行、從辵同意。衜，西周金文作 ![字形] 師道毀形，從又。衜，西周金文作 ![字形] 散氏盤形，從召聲。侯馬盟書「道」字亦從召，召為喻母四等，依喻四歸定說，古音為舌音。道字從首聲，首屬照三，上古亦讀舌音，二字音近。

36、邊－徬

邊，西周金文作 ![字形] 散氏盤形；徬，西周金文作 ![字形] 大盂鼎形，從辵從彳同。

37、遹－徎

遹，西周金文作 ![字形] 麥方尊形；徎，西周金文作 ![字形] 徎爵形，從辵從彳同。

38、德－遪、徝、惪

德，西周金文作 大盂鼎形，甲骨文「德」字作 入八七六、 甲二三〇四，從彳或行，直聲，周代金文始見從心之德。遪，西周金文作 降叔豆形，從辵、從彳同。徝，西周金文作 德方鼎形，與甲骨文同。惪，西周金文作 嬴霝德簋形，不從彳。

39、得－尋、復

尋，西周金文作 鄭小仲鼎形，從手持貝。復，西周金文作 狀馭簋形，從彳。

40、御－卸、卻、衘、鮺

「御」字甲骨文多作 乙六六一一形，從卩從午，表跪坐迎逆之意，後增彳、增止，表迎於道路之意。卸，西周金文作 御正衛簋形，與甲骨文同；卻，西周金文作 麥盉形，與卸同意；衘，西周金文作 叔朕父簋形，從彳；御，西周金文作 盠方鼎形，從止；鮺，西周金文作 晉侯蘇編鍾（十一）形，從魚聲，午、魚皆屬魚部。

41、馭－駿

馭，西周金文作 太保盉形，從馬從又，會御馬之意。駿，西周金文作 班簋形，攴、又皆強調動作。

42、衛－蠱、衛、衛

「衛」字異體眾多，甲骨文有 乙三一〇八，象拱衛城邑之意。西周早期金文承甲骨文字形，蠱，作 子圍父己爵形，與甲骨文同意。

衛，西周金文作 聏攸從鼎形，從行。

衛，西周金文作 御正衛簋形，從方。

衛，西周金文作 九年衛鼎形，《說文》：「帀，周也。」從帀與從囗、從方同意。

43、龠－丗

龠，西周金文作 龠作父丁簋形，或說象編管之樂器之形，其中上部所從乃吹管人之口。丗，西周金文作 散氏盤形，不從倒口之形，不影響字形表意。

44、龢－龤

龢，西周金文作 癲鍾形；龤，西周金文作 龤父辛爵形，與「龠」字同意。

45、博－搏、戟

博，西周金文作 致簋形，左部所從乃干盾之象形文，非數字「十」，與「戎」字所從同意。

搏，西周金文作 多友鼎形，從干，即干盾之干。

戟，西周金文作 不其簋蓋形，從戈與從干同意。

46、世－枻、笹、鞋

世，西周金文作 班簋形，劉釗以爲，世字爲截取葉字上部而成。〔註12〕故異構分別增從木、竹，作 獻簋、 祖日庚簋；又因「莘」字從卉，故亦可增從奉作 趩觶。

47、言－喦

言，西周金文作 伯矩鼎形，或說象樂器之形，《爾雅》：「大簫謂之言。」或說爲木鐸倒置之形。西周金文有異構字「喦」作 形，與甲骨文 乙七六六近似。

48、許－話

許，西周金文作 鱻攸從鼎形，從言午聲；話，西周金文作 曶鼎形，與「卸（御）」字異構作「卻」同意。

〔註12〕劉釗，《古文字構形學》，福州，福建人民出版社，2006 年，第 121 頁。

49、對－對、𦀩、靮、𦥑

「對」字西周金文異體眾多，甲骨文此字作 佚六五七、前四・三六・四等形，李孝定謂象以手持丵（植物之象形）樹於土之形，金文此字多作「對」遣卣，張日昇謂象以手持符節形，與「封」同意。

𦀩，西周金文作歸𦀩方鼎形；靮，西周金文作晉侯靮盨形，從丑（叉）、從𢨻與從又同意。

𦥑，西周金文作多友鼎形，從二又。

50、僕－𢉙、僎

僕字西周金文作史僕壺蓋形，《說文・業部》：「僕，給事者。從人從業，業亦聲。，古文從臣。」甲骨文作後下二〇・一〇形，象身附尾飾，手捧畚箕以執賤役之人，頭部從辛，表示其人曾受黥刑；西周金文變作從人從廾從業。

𢉙，西周金文作令鼎形，從广。

僎，西周金文作旂鼎形，從人從二子。

51、龏－𪓐

龏，西周金文作頌鼎形，從廾龍聲。

𪓐，西周金文作曼龏父盨形，從兄，孫常敘：𪓐字是強調「龏」音如「兄」（東陽合韻之兄），聲非來母，不讀爲龍。〔註13〕

52、具－𣎑、鼎

𣎑，西周金文作具父乙鼎、鼄攸從鼎形，象二手持貝之形，本指禮器之備其數者，從貝爲禮之用。鼎，西周金文作坒𡐓伯簋形，從鼎。

53、興－𦥔

興，西周金文作鬲叔興父盨形，象四手共舉一器。𦥔，西周金文作多

〔註13〕孫常敘，《孫常敘古文字學論集・麥尊銘文句讀試解》，長春，東北師範大學出版社，1998年，第154～155頁。

友鼎形，从爿，于省吾先生以爲爿字也象祭祀時陳列肉類的几案之形，〔註14〕頗疑「膴」字从爿即取承物之几案意。

54、晨－矕、遷、夙

晨字甲骨文作 [圖] 前四・一○・三形，象二手持辰，辰爲先民除草之工具，後假爲昧爽之「晨」。西周金文作 [圖] 伯晨鼎形，與甲骨文同。

矕，西周金文作 [圖] 大師虘簋形，从止，表動作。

遷，西周金文作 [圖] 晨鼎形，从辵，亦表動作。

夙，西周金文作 [圖] 多友鼎形，从夕，爲昧爽之「晨」的專字，與「夙」字从夕同意。

55、農－蕽、䢉、薽、晨、矕、䡅、䢃

《說文・晨部》：「農，耕也。从晨囟聲。[圖]，籀文農从林。[圖]，古文農。[圖]，亦古文農。」甲骨文作 [圖] 乙八五○二形，象以辰除草之形，引申爲耕作。西周金文異體眾多，或作「蕽」[圖] 史牆盤形，从林、从草同意，與《說文》古文同。

䢉，西周金文作 [圖] 多友鼎形，从田以表耕作之意。

薽，西周金文作 [圖] 田農鼎形，从草、从林同意。

晨，西周金文作 [圖] 史農觶形，从田、从辰。

矕，西周金文作 [圖] 農卣形，从止，強調動作。

䡅，西周金文作 [圖] 散氏盤形，从臼从止，強調動作。

䢃，西周金文作 [圖] 農簋形，从䀠、从又。

56、勒－鐅、䩦

勒，《說文・革部》：「勒，馬頭絡銜也。从革力聲。」西周金文作 [圖] 趞鼎形。

鐅，西周金文作 [圖] 班簋形，从勒从金。

〔註14〕于省吾，《甲骨文字釋林》，北京，中華書局，1979年，第422～423頁。

棘，西周金文作 盠方尊形，勒字又可作「勅」（《廣雅‧釋器》），「棘」
為聲符，故此字為从爪、力聲、棘省聲。

57、鞭－攴、敚

攴，西周金文作 九年衛鼎形，或說象持鞭揮動之形。

敚，西周金文作 曶鼎形，从出从人从攴。曶鼎銘文中此字的上字為
「出」，疑此字受上字影響，故類化从出。

58、靳－斳、斱

斳，西周金文作 逨鼎辛形；斱，西周金文作 吳方彝蓋形，省略束。

59、鞁－剢

鞁，西周金文作 番生簋蓋形，从革叏聲。剢，西周金文作 靜簋形，
从刀叏聲。

60、鬲－鬻、鼎

鬲，西周金文作 番生簋蓋形，象古時常見之炊器形。

鬻，西周金文作 木工冊作姚戊鼎形，从火以表其用途。

鼎，西周金文作 虢文公子作鬲形，从鼎以標其種屬。

61、䰜－喝、囂

喝，西周金文作 麥方鼎形，从口从鬲；囂，西周金文作 散氏盤形，
从二口。

62、埶－勎、埻、狀

勎，西周金文作 盠方尊形，象人雙手持木植於土上之形。埻，西周金
文作 虎鼎形，從雙手持木植於土上之形。狀，西周金文作 狀
馭簋形，卂變為犬。

63、麰－抆

麰，西周金文作 師麰簋形，象以手持麥，擊之而脫粒之形。

秣，西周金文作 沈子它簋蓋形，此字从木，與从來（麥）同意。从夭，即
動態之人，亦可表動作，與攴意近。

64、及－迿、伋

及，西周金文作 保卣形，象人手自後及人之意。

迿，西周金文作 鼻叔盨形，从辵表動作。

伋，西周金文作 鄭鄧伯鼎形，當爲从亻，與从辵同意。

65、叔－紐

叔，西周金文作 吳方彝蓋形，从又从弋从三小點，或說本象收芋之意。

紐，西周金文作 叔鼎形，从丑（叉）與从又同。

66、友－舂、各

友，西周金文作 多友鼎形，从二手相協。舂，西周金文作 曆方鼎形，
从甘从二又，《說文》古文作 ，或說即从甘之變。各，西周金文作
豳公盨形，从口从二又。

67、左－𠂇、詟

𠂇，西周金文作 史牆盤形，象左手之形。詟，西周金文作 矢令方彝形，
从𠂇从言，古文字中左、右對舉時區別甚嚴，後世加「口」以別之，
口、言同意，此从言當與从口同意。

68、啓－攽、啓、夜

《說文·攴部》：「启，教也。从攴启聲。《論語》曰：不憤不启。」甲骨
文作 菁八形，从又从戶，象以手启門之意。西周金文與此同，有
「夜」，作 謝啓方彝形，从又从戶。又有从攴作「攽」 芮伯壺，
从攴、从又同意。又有从口作「啓」 癲鐘、「啓」 攸簋，古人
穴居，口象戶內之地穴，與「各」、「出」从口同意。

69、徹－啟、敫

啟，西周金文作 [圖] 史牆盤形，从鬲从又；敫，西周金文作 [圖] 史牆盤形，
从鬲从又。

70、敏－攺

敏，西周金文 [圖] 史䚤敏尊形，从攴每聲；攺，西周金文作 [圖] 敱簋形，
从又每聲，攴、又同意。

71、更－曼、遭

曼，西周金文作 [圖] 班簋形，從二丙相續，為古代一種前後相連之車制：二
馬在前，二馬在後，與並列之「兩」相對。从攴表鞭策之意。

遭，西周金文作 [圖] 盠方尊形，从辵，示車馬奔走之意。

72、敔－䭱、䎽、敨

《說文‧攴部》：「敔，禁也。一曰樂器，椌楬也，形如木虎。从攴吾聲。」
西周金文或作「䭱」[圖] 敔簋；或从吾作「敨」[圖] 敔簋；或省攴作「䎽」
[圖] 毛公鼎形。

73、斅－學

《說文‧教部》：「斅，覺悟也。从教从冂。冂，尚矇也。臼聲。[圖] 篆文
斅省。」西周金文之「斅」作 [圖] 沈子它簋蓋形，爻為著草交叉之形，上
古時期，巫史為文化的主要掌握者，故从爻。斅、學同源，猶授與受、
賣與買，故又有「學」作 [圖] 靜簋形。

74、貞－鼎

《說文‧卜部》：「貞，卜問也。从卜，貝以為贄。一曰鼎省聲。京房所說。」
殷商甲骨文作 [圖] 甲二八五一、 [圖] 鐵四五‧二等形，周原甲骨文作 [圖] 探
二三形，皆从卜鼎聲，西周金文「鼎」字亦从卜从鼎作 [圖] 庚嬴鼎形。「貞」
[圖] 晉侯邦父鼎改从貝，為後世訛混。

75、爽－

爽，西周金文作盠方尊形，人形下部所从兩個相同之構件，用以表匹耦之意；或換用爲「」夨令方彝，與「爽」从二爻同意。

76、省－德、𢓊

省，甲骨文作前三・二三・二、京四五七二等形，商承祚先生謂：「象省察時目光四射之形。」〔註 15〕西周金文作大盂鼎形，與甲骨文同。

德，西周金文作史頌鼎形，从彳，與辵同意，表巡視；从言表撫察。

𢓊，西周金文作史頌鼎形，从辵，下部之「又」當爲「止」之變。止因形近而混寫爲又，爲西周金文常見現象。

77、盾－𢆶

盾，西周金文作五年師旋簋形，于省吾先生以爲，此字乃盾字構形初文，从人从，亦聲，象盾有瞂有文理形，並非从目。〔註 16〕

𢆶，西周金文作𢦚簋形，从盾之初文，豚聲。

78、雝－、雒、䧹、𩁹、𩁹、𢿢、餎、𥂴、鐳

「」爲「雝」字之初文，西周金文作免簋形，孳乳作「雒」，〔註 17〕西周金文作𤕌鼎形，或說象鳥足爲環絡所羈絆不能飛逸之形，「䧹」字西周金文作㝬鍾形，與雒字同意。「𩁹」字西周金文作雍伯鼎形，口內增飾筆，改爲从甘。

「𩁹」，西周金文作㝬簋形，增从攴。「𢿢」字西周金文作辛鼎形，从攴。「餎」字西周金文作大盂鼎形，與𢿢字同意。

「𥂴」，西周金文作麥方尊形，增从皿。

〔註 15〕商承祚，《殷契佚考》，轉引自《甲骨文字詁林》（第一冊），北京，中華書局，1996 年，第 570 頁。

〔註 16〕于省吾，《釋盾》，《古文字研究》第三輯，北京，中華書局，1980 年。

〔註 17〕于省吾，《甲骨文字釋林》，北京，中華書局，1979 年，第 180 頁。

「鐘」，西周金文作 梁其鍾形，增从金，或說从金爲狀銅鍾之聲。

79、羌－羇

羌，西周金文作 羌鼎形，象人頭戴羊角形，爲牧羊之羌人部族的形象反映。

羇，西周金文作 太保罍形，从羌从系，李孝定：象身加縲曳之形，羌爲殷之敵國，殷人遇其俘虜，其酷烈往往甚於其他敵國，用人爲牲，亦未見有羌人以外之記載，故製字亦象之也。〔註18〕

80、幾－羧

幾，西周金文作 伯幾父簋形，从絲从戍。羧，西周金文作 幾父壺形，下部从大，大爲人形，戍字亦从人，與「幾」字同意。

81、𤔔－䜌

𤔔，西周金文作 番生簋蓋形，从幺从受，本義爲治絲。

䜌，西周金文作 毛公鼎形，李孝定：从四口，乃絲形之訛。又，郭沫若：治絲時其聲囂騷，故字復从吅。

82、受－嗖

受，西周金文作 頌簋形，象二手授受一舟形之物；嗖，西周金文作 耳尊形，从口。

83、肖－仦、俹

仦，西周金文作 禹鼎形；俹，西周金文作 豆閉簋形，增从廾。

84、利－㓢

利，西周金文作 利鼎形，或說爲犁之初文，从禾从刀，其小點象犁出之土塊。㓢，西周金文作 𪾊鍾形，从工形，待考。

〔註18〕李孝定，《甲骨文字集釋》，臺北，臺灣中央研究院歷史語言研究所，1970年，第1341～1342頁。

85、則－鼎、劓

　　鼎，西周金文作 史牆盤形，從鼎從刀；劓，西周金文作 史牆盤形，從二鼎。

86、剛－剄

　　剛，西周金文作 史牆盤形，從刀岡聲；剄，西周金文作 史牆盤形，從二刀。

87、耤－耒、耤

　　耒，西周金文作 耒作寶彝觶形，象以手持耒耜而操作之形；耤，西周金文作 令鼎形，象人持耒耜而操作之形，從昔聲。

88、解－觲、觳

　　觲，西周金文作 解子甗形，從臼從角從干；觳，西周金文作 觳子作宮團宮鼎形，「所從之『殳』乃棒狀利器，蓋宰牛之先，必以利物擊斃之也。」〔註19〕

89、簞－簋

　　簞，西周金文作 番生簋蓋形，從竹從覃；簋，西周金文作 毛公鼎形，從竹從盧。季旭生：「覃（覃）」就是鹽字，其字形從鹵在𠩺中，那麼𠩺應是放鹽的罈子，毛公鼎「簋（簞）」字從竹、盧聲。「盧（覃）」當與「覃（覃）」同字，「覃（覃）」應該是「覃」的正字，「盧（覃）」只能當或體了。鹵在皿中，與鹵在𠩺中同義，顯然皿和𠩺都是可以放鹽的容器。〔註20〕

〔註19〕馬國權，《金文札存二則・解子甗跋》，《古文字研究》第八輯，北京，中華書局，1983 年。

〔註20〕季旭生，《談覃鹽》，收入《龍宇純先生七秩晉五壽慶論文集》，轉引自「復旦大學出土文獻與古文字研究中心」網站。http://www.gwz.fudan.edu.cn/SrcShow.asp?Src_ID=732

90、簋－毀、厵

毀，西周金文作 毛公旅方鼎形，从𣪊，象盛食之器，从殳，示敲擊之意。厵，西周金文作 象盨形，从厂。

91、箕－𠀠、其、期、𡩨

𠀠，西周金文作 大盂鼎形，象竹編之箕；其，西周金文作 戲伯鬲形，下部增飾筆；期，西周金文作 叔趯父卣形，从其从廾，示人持之可以簸揚之意；𡩨，西周金文作 不其簋形，與期字同意。

92、典－𢽹

典，西周金文作 格伯簋形，从冊从丌，或說下部為飾筆；𢽹，西周金文作 卿方鼎形，从又。

93、巨－𢆶、𢆷、玦

𢆶，西周金文作 伯矩盤形，象人伸臂分指以持工之形；𢆷，西周金文作 伯矩鼎形，从夫與从大同意；玦，西周金文作 伯矩盉蓋形，从工从大，分指之形省略。

94、曆－曆、曆、曆、曆、𣈴、曆

曆，西周金文作 廐鼎形，从甘𠈣聲。曆，西周金文作 大簋形，从口，與曆字同意；曆，西周金文作 象敔卣形，从禾、从木同意；曆，西周金文作 史牆盤形，與曆字同意；𣈴，西周金文作 友簋形，从秝聲，與从𠈣聲同；曆，西周金文作 保尊形，从𡎚。

95、猒－𦠄

猒，西周金文作 沈子它簋蓋形，从口从肉从犬，象食肉之意；𦠄，西周金文作 窒叔簋形，从殳从肉。

96、甹－甹、甹

甹，西周金文作 班簋形，从丂从二由；甹，西周金文作 毛公鼎形，从口，或說為「諤」字古文，从口與从言同意，如「信」字古文作 ，

從口。

97、寧－寍

寧，西周金文作 麥方尊形，《說文》謂从丂寍聲；寍，西周金文作 寧母鬲形，寧、寍、寍當爲同字。

98、於－虖

於，西周金文作 保侃母簋形；虖，西周金文作 揚方鼎形，李孝定：「字作虖者，實爲其本字，作於者其省文也。字蓋竽之象形初文，竽爲管樂，字象管之曲折，吹之成聲，故引申有氣之舒於之意，用爲語詞，則爲假借。」〔註21〕

99、鼓－鼓

鼓，西周金文作 師𡚸簋形，象手持槌擊鼓之事；鼓，西周金文作 師𡚸簋形，唐蘭：「金文鼓字或从攴，或从支，殊無別。」〔註22〕

100、豊－𤺄

豊，西周金文作 麥方尊形，从壴，从玨，古時行禮常用鼓與玉；𤺄，西周金文作 士上卣形，从口，表盛玉之器。

101、盂－盨

盂，西周金文作 大盂鼎形，从皿於聲；盨，西周金文作 晉侯𤰈馬方壺形，从皿虖聲，於、虖聲同。

102、齍－盠、鼏、盨、鼏、鼏

盠，西周金文作 仲㜏父鬲形，《說文‧皿部》：「齍，黍稷在器以祀者。从皿齊聲。」鼏，西周金文作 厚趠方鼎形，从鼎與从皿同意；盨，西周金文作 錫盨方鼎形，从妻者，即从齎省；鼏，西周金文作

〔註21〕李孝定，《金文詁林讀後記》，香港，香港中文大學出版社，1977年，第183頁。

〔註22〕唐蘭，《殷虛文字記》，北京，中華書局，1981年，第67頁。

歸婦方鼎形，從妻從鼎，與鏖字同意；䵨，西周金文作矩鼎形，《說文‧齊部》：「䵨，等也。從㪠妻聲。」楊樹達先生以爲，此字「實齊之加聲旁字」。〔註23〕

103、蓋 －𣔛、𨫆、𨦩、䀤、𥂔、𥁐、𥂅

《說文‧皿部》：「蓋，器也。從皿從缶，古聲。」朱駿聲《說文通訓定聲》：「疑即瑚璉之本字。」金文異體眾多。𣔛，西周金文作伯勇父簋形，後匡形漸變爲肉，即後世之「胡」字；𨫆，西周金文作郜公誃簋形，從金，強調器皿的材料質地；𨦩，西周金文作仲其父簋形，從金，與𨫆字同意；䀤，西周金文作邿仲簋形，從故聲；𥂔，西周金文作伯公父簋形，從皿，亦表器皿之意；𥁐，西周金文作季宮父簋形，改換聲符；𥂅，西周金文作交君子噭簋形，省略意符，從害，增標五聲。

104、盨－𥂓、鎖、糩、𥼽、䫞、楥、𥃆、穎

《說文‧皿部》：「盨，槓盨，負戴器也。從皿須聲。」西周金文異體眾多。盨，西周金文作伯公父盨蓋形，從皿須聲；𥂓，西周金文作矢臏盨形，從金，強調器皿材質；鎖，西周金文作仲肜盨形，從金，與𥂓同意。

糩，西周金文作杜伯盨形，從米，以示所盛；𥼽，西周金文作伯姬父簋形，從米，與糩同意；䫞，西周金文作彔盨形，從米，與糩同意；楥，西周金文作鄭井叔康盨形，從木與從米同意。

𥃆，西周金文作師克盨蓋形，從升，以示器皿容量。穎，西周金文作伯大師釐盨形，與𥃆同意。

105、盉－盉、𥁋、盉、鑴

盉，西周金文作仲自父盉形，從皿禾聲；盉，西周金文作仲自父盉

〔註23〕楊樹達，《積微居金文說》，北京，中華書局，1977 年，第 68 頁。

形，從又，或說象手持麥稈以吸酒；〔註24〕，西周金文作 伯庸父
盉形，從廾，象兩手捧器之意。

，西周金文作 伯春盉形，從酉與從皿同意。

，西周金文作 伯盉形，從鼎與從皿同意，從金表明器皿材質。

106、－、

，西周金文作 康伯壺蓋形；，西周金文作 小子生尊形，字下增從
二短橫，于省吾：「這和春秋時期弓鎛的戒字作，以及西周金文屍
（夷）字到了晚周作，其例正同。」〔註25〕

107、爵－

爵，西周金文作 爵父癸盉形；，西周金文作 毛公鼎形，從廾，會
手持之意。

108、－、、

，西周金文作 爵父癸盉形，從矩聲；，西周金文作 習壺蓋形，
矩、巨同聲；，西周金文作 呂方鼎形，從夫當為從矩之訛。

109、－、、

，西周金文作 穆父作姜懿母鼎形，從食辜聲；，西周金文作 伯康
簋形，《說文·食部》：「，潃飯也。從食辜聲。」故此從表食器之
皿；，西周金文作 牢口作父丁簋形，從毁與從食同意；，西周
金文作 牢口作父丁簋形，從口與從食有關。

110、會－

會，西周金文作 速盤形，為「合」字分化字；，西周金文作 史牆
盤形，從二又，表動作。

〔註24〕郭沫若，《長安縣張家坡銅器群銘文匯釋》，《考古學報》1962 年第 1 期，北京，文
物出版社。

〔註25〕于省吾，《甲骨文字釋林》，北京，中華書局，1979 年，第 306～307 頁。

111、高－蒿

　　高，西周金文作 ▨ 師高簋形，象臺觀兀立之形；蒿，西周金文作 ▨ 岡劫卣
　　形，从艸，艸上古音爲幽部，高上古音爲宵部，二音旁轉。

112、冂－囘

　　冂，西周金文作 ▨ 大盂鼎形；囘，西周金文作 ▨ 七年趞曹鼎形，从口。

113、牆－牆、嗇

　　牆，西周金文作 ▨ 史牆盤形，《說文·嗇部》：「牆，垣蔽也。从嗇爿聲。
　　▨，籀文从二禾。」金文與籀文同；嗇，西周金文作 ▨ 師酉簋形，
　　省略一禾。

114、來－逨

　　來，西周金文作 ▨ 不其簋蓋形，乃麥之象形文；逨，西周金文作 ▨ 交鼎
　　形，从辵。

115、朱－窠

　　朱，西周金文作 ▨ 此簋形，爲「株」之本字，指木之幹；窠，西周金文作
　　▨ 彔伯威簋蓋形，郭沫若：蓋示柱以楮穴也。〔註26〕

116、槃－盤、鑒、般、𡢏

　　《說文·木部》：「槃，承槃也。从木般聲。▨，古文从金。▨，籀
　　文从皿。」盤，西周金文作 ▨ 殷穀盤形，从皿般聲；鑒，西周金文作
　　▨ 伯侯父盤形，从金，強調器皿之材質。

　　般，西周金文作 ▨ 七年趞曹鼎形，舟有承受之意，殳可表示動作。

　　𡢏，西周金文作 ▨ 吳盤形，从攴與从殳同意。

117、櫑－鐳、罍

　　《說文·木部》：「櫑，龜目酒尊，刻木作雲雷象。象施不窮也。从木畾

〔註26〕郭沫若，《郭沫若全集·金文叢考》，北京，科學出版社，2002年，第222頁。

聲。，櫺或从缶。，櫺或从皿。，籀文櫺。」櫺，西周金文作櫺仲簋形，从木晶聲；鑪，西周金文作函皇父簋形，从金，標明器皿之材質；盝，西周金文作季姒彗盝形，从皿，表器具之意。

118、樂－鰈

樂，西周金文作瘋鍾形，或說从絲附木上，琴瑟之象也；鰈，西周金文作匡卣形，銘文中有「象舞」，且上字爲象，此字當爲涉上類化，添加象。

119、楚－林

楚，西周金文作狀馭簋形，从林足聲；林，西周金文作楚公逆鍾形，足省爲口。

120、替－敆、鑓、舙、龢、劏、劙、襄、斅、畨、鐕

「替」字結構說法不一，一說此字在「林」字上追加「啇」聲而成，一說此字在「啇」字上追加「林」聲而成，從金文此字作林鍾之專字時，「林」可省略來看，當爲从啇、林聲，西周金文作叔鍾形。

敆，西周金文作兔簋形，从攴，標鍾之用也。

鑓，西周金文作瘋鍾形，从金，標明材質。

舙，西周金文作兄仲鍾形，从金从啇，與鑓字同意。

龢，西周金文作兮仲鍾形，从禾，稟聲。

劏，西周金文作克鍾形，从刀，或說爲「剡」之古字。

劙，西周金文作吳生殘鍾形，从刀，从泉，或說爲「劈」省聲。

襄，西周金文作楚公豪鍾形，从攴，从彙省聲。

畨，西周金文作農卣形，从啇从米。

斅，西周金文作楚公豪鍾形，从攴，从畨聲。

鐕，西周金文作柞鍾形，从金，上部聲化爲炎。

121、賸－飈、䑶、傸

賸，《說文‧貝部》：「賸，物相增加也。从貝朕聲。一曰送也，副也。」西周金文作 尹叔作㚤姞鼎形，右上部所从，象兩手持玉以贈送之意；因有行意，故从舟；增以財物，故从貝。

飈，西周金文作 季良父盨形，从賸从人，以表贈人之意。

䑶，西周金文作 朕作父癸觶形，从舟从㚒，與賸同意。

傸，西周金文作 虎叔毁形，从人从䑶，與飈、䑶同意。

122、賓－宁、賓、宮

宁，西周金文作 亡賓父癸鼎形，从宀下人形，會賓之意。

賓，西周金文作 史頌簋形，甲骨文作 合一二四八形，从止，或說象足迹在室外，主人跽而迎賓之形。金文从貝，王國維曰：「金文及小篆易从止爲从貝者，乃後起之字，古者賓客至必有物以贈之，其贈之事謂之賓，故其字从貝。」〔註27〕

宮，西周金文作 史頌簋形，从貝改爲从口。

123、賞－賞、啇

賞，西周金文作 御正衛簋形，从貝商聲，典籍作「賞」字；啇，西周金文作 燕侯旨鼎形，从貝，商省聲。

124、㣙－賏、徺、遺

賏，西周金文作 毛公鼎形，馬承源釋爲圓形金餅，爲西周時期之貨幣。〔註28〕徺，西周金文作 㫪鼎形，遺，西周金文作 趠簋形，从彳、从辵同意，皆可表行動，或表貨幣流通之意。

〔註27〕王國維，《觀堂集林‧卷一‧與林浩卿博士論洛誥書》，北京，中華書局，1959年，第43頁。

〔註28〕馬承源，《說賏》，《古文字研究》第十二輯，北京，中華書局，1985年，第173～180頁。

125、旅－㪧、轍、㫍、旐

旅，西周金文作 [圖] 伯作旅彝尊形，從二人於㫋下之形，聚眾爲旅；㪧，西周金文作 [圖] 伯作旅鼎形，從一人於㫋下之形，與從二人同意。

轍，西周金文作 [圖] 應事簋形，从車，是當時車戰日益發展在文字上的反映；㫍，西周金文作 [圖] 事作小旅觶形，从車从旅省，與轍字同意；旐，西周金文作 [圖] 寧鼎形，从廾。

126、霸－䨣、霏

霸，西周金文作 [圖] 頌鼎形，从月，霏聲；䨣，西周金文作 [圖] 師㝨父鼎形，从帛聲，高田忠周：革、帛重聲也；霏，西周金文作 [圖] 鄭虢仲簋形，省月。

127、盅－盟

盅，西周金文作 [圖] 榮作周公簋形，从皿囧聲；盟，西周金文作 [圖] 師望鼎形，从皿朙聲，與从囧聲同，《說文‧囧部》：「囧，窻牖麗廔闓明。象形。……賈侍中說讀與明同。」

128、夙－媰、夗

夙，西周金文作 [圖] 致方鼎形，象夙興之人於晨月之下勞作；媰，西周金文作 [圖] 師酉簋形，从女，亦表人形；夗，西周金文作 [圖] 叔妧簋形，从叉可表動作，與勞作同意。

129、鼎－鼒、鼏

鼎，西周金文作 [圖] 鼎卣、 [圖] 大盂鼎形，象形；鼒，西周金文作 [圖] 寡鼎形，从鼎鼎聲；鼏，西周金文作 [圖] 寓鼎形，从鼎从匕（柲）。

130、鬻－鬻、鬻、鬻、鬻、鬻、鬻

鬻，西周金文作 [圖] 象作辛公簋形，《玉篇》：「鬻，煮也。」从爿从肉从刀从

鼎會意，于省吾：「爿字也象祭祀時用以陳列肉類的几案形。」[註29]

鼒，西周金文作 中婦鼎形，从爿从肉从鼎。

鼒，西周金文作 曆方鼎形，从肉从刀从鼎。

剒，西周金文作 索諆爵形，从爿从肉从刀。

鼏，西周金文作 王作親王姬鬲形，从爿从鼎。

鼒，西周金文作 滄伯甗形，从爿从刀从鼎。

131、穆－臮工

穆，西周金文作 史牆盤形，象有芒穎之禾穗下垂形；臮工，西周金文作 無叀鼎形，右部之禾已經訛變。

132、秦－穮、龡

秦，西周金文作 洹秦簋形，从午从廾从禾，象雙手持杵以擊禾穀之事；穮，西周金文作 塑方鼎形，从二禾；龡，西周金文作 塑方鼎形，从舂，與秦、穮同意。

133、兼－覒、嫌、覤

覒，西周金文作 走簋形，高鴻縉：「此字既从手執同形二物，而以并為聲，疑是兼字之初字。」嫌，西周金文作 遷盤形，从女亦表人形；覤，西周金文作 盉方彝形，井訛變為口。

134、粱－粆、沙

粆，西周金文作 伯公父簠形，從米刅聲；沙，西周金文作 梁其鍾形，从米省，刅聲，米之常形為六小點，此處共用刅字之小點。

135、室－窒

室，西周金文作 呂伯簋形，从宀至聲；窒，西周金文作 窒叔簋形，从二至。

〔註29〕于省吾，《甲骨文字釋林》，北京，中華書局，1979 年，第 422～423 頁。

136、宇－寓

　　宇，西周金文作 史牆盤形，从宀於聲；寓，西周金文作 五祀衛鼎形，从宀禹聲，《說文・宀部》：「宇，屋邊也。从宀於聲。《易》曰：上棟下宇。，籀文宇从禹。」

137、安－庋

　　安，西周金文作 卿方鼎形，从女在宀下，以安居之象示安定、安靜之意；庋，西周金文作 格伯簋形，从厂、从宀同意。

138、宴－偃

　　宴，西周金文作 宴簋形，或說為「匽」之分化字；偃，西周金文作 鄂侯鼎形，人當為宀之變。

139、寶－寚、寚、𡨀、𡨀、珤、庝、𡪹、𡪹、宲、實、𡪹、𡪹、𡪹、𡪹、𡪹、𡪹

　　寶，西周金文作 大作嘯鬲形，从宀从玉从貝，缶聲，象屋內存貯玉貝之形，以示珍愛、珍寶之意。

　　寚，西周金文作 胄簋形，从又，會手持之意。

　　寚，西周金文作 量侯簋形，从廾，與从又同意。

　　𡨀，西周金文作 作寶尊彝簋蓋形，从口，疑此口為「缶」字類化所致。

　　𡨀，西周金文作 鄾仲孝簋形，从日，當為从口之變。

　　珤，西周金文作 王伯父觥形，从宀从玉，缶聲。

　　庝，西周金文作 格伯作晉姬簋形，从广與从宀同意。

　　𡪹，西周金文作 虢季氏子組簋形，从宀从貝，缶聲。

　　𡪹，西周金文作 虢季氏子組簋形，从玉从貝，缶聲。

　　宲，西周金文作 虢季氏子組簋形，从宀，缶聲。

　　實，西周金文作 隥伯睘簋形，从午，當為缶之變。

　　𡪹，西周金文作 嬴氏鼎形，从宀从玉从貝。

實，西周金文作 ![圖] 農父簋形，从宀从貝。

竈，西周金文作 ![圖] 罤簋形，从畐聲，又从缶聲，爲雙聲符字。

寶，西周金文作 ![圖] 楚公豪鍾形，从宀从玉，从畐聲、缶聲。

寶，西周金文作 ![圖] 轉作寶艦盤形，从宀从貝，从畐聲、缶聲。

寶，西周金文作 ![圖] 蜘父乙觥形，从宀，从畐聲、缶聲。

140、守－攵

守，西周金文作 ![圖] 王鼎形，从宀，寸聲，寸爲「肘」字之省；攵，西周金文作 ![圖] 守宮爵形，从宀从又，又當爲寸（肘）之變。

141、客－㲀、窬

客，西周金文作 ![圖] 利鼎形，从宀各聲；㲀，西周金文作 ![圖] 仲義父鼎形，从人；窬，西周金文作 ![圖] 悤簋形，待考。

142、害－𡎸

害，西周金文作 ![圖] 師害簋形；𡎸，西周金文作 ![圖] 史牆盤形，劉釗：「牆盤害字作 ![圖] 形，其下部受上部影響，也類化成『𠙻』形。」〔註30〕

143、宄－宑、冘、宴、妥、羍

宑，西周金文作 ![圖] 羌鼎形，从宮，九聲，「是宮的繁體」〔註31〕；冘，西周金文作 ![圖] 伯㢱簋形，从宮省，九聲。

宴，西周金文作 ![圖] 義伯簋形，从又，冘聲；妥，西周金文作 ![圖] 兮甲盤形，从又；羍，西周金文作 ![圖] 曶鼎形，从廾與从又同意。

144、宦－窒、𡨄、實

宦，西周金文作 ![圖] 作冊矢令簋形，从宀从 亙 ，或說爲琮之象形，待考；

〔註30〕 劉釗，《古文字構形學》，福州，福建人民出版社，2006 年，第 96 頁。

〔註31〕 唐蘭，《論周昭王時代的青銅器銘刻》，《古文字研究》第二輯，北京，中華書局，1981 年。

窒，西周金文作 盂卣形，从止；寶，西周金文作 史牆盤形，从玉从貝；實，西周金文作 戴簋形，从貝。

145、僚－䜏

僚，西周金文作 趩盂形，从宀尞聲；䜏，西周金文作 矢令方彝形，从呂聲，呂、尞一聲之轉。

146、胄－冑

胄，西周金文作 致簋形，从冒由聲；冑，西周金文作 致簋形，省略表頭盔象形之 。

147、歸－𢆶

歸，西周金文作 歸叔山父簋形，从帚从𠂤；𢆶，西周金文作 歸妱進壺形，从又，會以手持帚之意。

148、市－㪔

市，西周金文作 大盂鼎形，象蔽膝形，陳夢家：「金文之市从一从巾，一象大巾上的博帶。」〔註32〕㪔，西周金文作 癲盨形，从市从攴。

149、保－俓

保，西周金文作 大盂鼎形，从人从子，字形原本象人反手負子於背之形；俓，西周金文作 叔簋形，从玉，或說保、寶音義相通，玉為人所寶愛，故从玉。

150、佩－帆

佩，西周金文作 癲簋形，从人从巾，凡聲；帆，西周金文作 戎佩玉人卣形，从人从巾，省略凡聲。

〔註32〕陳夢家，《西周銅器斷代・趞曹鼎》，北京，中華書局，2004年。

151、倗－**堋**、**㡡**

　　堋，西周金文作 [圖] 倗仲鼎形，从朋勹聲，于省吾：「倗字的古文本作堋，以勹爲音符，《說文》訛勹爲人。」〔註33〕 **㡡**，西周金文作 [圖] 窒叔簋形，从宀爲从人之變。

152、何－**兂**

　　何，西周金文作 [圖] 何嬭匜甗形，象人負荷之形；**兂**，西周金文作 [圖] 何作兄日壬尊形，人形作兂，亦可表人。

153、付－**仪**

　　仪，西周金文作 [圖] 䏁从簋蓋形，从人从又，象以手拊人背之形；付，西周金文作 [圖] 永盂形，於手下加飾筆短畫，作「寸」形，或可起標示作用。

154、倂－**佣**

　　倂，西周金文作 [圖] 或者鼎形，从人禹聲；**佣**，西周金文作 [圖] 冊佣父乙方罍形，上部不从手。

155、傳－**僡**

　　傳，西周金文作 [圖] 小臣傳簋形，从人專聲；**僡**，西周金文作 [圖] 散氏盤形，聲符專訛變叀。

156、侔－**侯**、**賨**、**媵**

　　侯，西周金文作 [圖] 季宮父簋形，从人，从廾，廾象雙手持玉以贈送之意；**賨**，西周金文作 [圖] 樊君鬲形，从貝，以表贈以財物；**媵**，西周金文作 [圖] 陳侯簋形，从女，爲媵女之專字。

157、從－**坒**、**仃**

　　從，西周金文作 [圖] 多友鼎形，从辵从聲；**坒**，西周金文作 [圖] 作從彝卣形，从

〔註33〕于省吾，《甲骨文字釋林》，北京，中華書局，1979年，第377頁。

止；衍，西周金文作 作扼从彝盉形，从彳。从辵、从止、从彳皆同意。

158、朢－𡉚

朢，西周金文作 趞鼎形，象人舉目遙望之形，於人足下加土形，以示其登高企足放目遙望之意，从月字於目形之前方，象人遙望天月之形；𡉚，西周金文作 保卣形，不从月。

159、殷－宬

殷，西周金文作 殷簋甲形，从身从殳，或說象人腹有疾病，以按摩器治療之形。

宬，西周金文作 土上卣形，从宀，于省吾：商器父癸卣有一字，象宅內病人臥於床上，用按摩器以按摩其腹部，而下又以火暖之之形。〔註34〕

160、裘－求

裘，西周金文作 九年衛鼎形，从衣求聲；求，西周金文作 君夫簋蓋形，不从衣。

161、壽－𦓵、𦓹、𦔋、𦔉、𥁻、𦔖、𥄗、𦓴

𦓵，西周金文作 曶壺蓋，从老省，𦓴聲；𦓹，西周金文作 三年𤼈壺形，从老省，聲符增从口；𦔋，西周金文作 伯梁其盨形，从老省，聲符增从又；𦔉，西周金文作 小克鼎形，从老省，聲符增从口、又；𥁻，西周金文作 師㝨鍾形，从老省，聲符增从皿；𦔖，西周金文作 小克鼎形，从老省，聲符增从廾；𥄗，西周金文作 九年衛鼎形，省略老，聲符增从口、又；𦓴，西周金文作 曾仲大父𧊒簋形，省略老，保留𦓴聲。

162、考－丂、𦒷

考，西周金文作 禽鼎形，从老省，丂聲；丂，西周金文作 𩑹叔鼎形，

〔註34〕于省吾，《甲骨文字釋林》，北京，中華書局，1979年，第322頁。

从老省，聲符丂與老字表手的兩小撇誤合爲九；耇，西周金文作
友簋形，从考从玄，構意待考。

163、屖－遲

屖，西周金文作 競卣形，从尸，辛聲；遲，西周金文作 元年師旋簋形，
从辵，當爲屖之增旁孳乳字，典籍中常「屖遲」，《說文‧尸部》：「屖，
屖遲也。」當受「遲」字類化而增从辵。

164、朕－賸

朕，西周金文作 獻簋形，从舟，䒑聲；賸，西周金文作 九年衛鼎
形，从人，與「儐」字从人同意，表贈人之意。

165、允－姿

允，西周金文作 班簋形，象人形；姿，西周金文作 不其簋蓋形，下部
變从女，亦表人形。

166、兄－覨

兄，西周金文作 屯尊形，从口在側立之人形上，或說當爲祝之初文；
〔註35〕覨，西周金文作 作冊益卣形，从兄，呈聲。

167、歙－歆、馓

歙，西周金文作 歙祖己觶形，象人俯首吐舌捧尊就歙之形；歆，西周金文
作 紀仲觶形，人形與口形分離，从欠酓聲；馓，西周金文作 毛公
旅方鼎形，从廾，會捧尊之意。

168、頮－穎、盥

頮，西周金文作 幽公盨形，从頁㳫聲，與「瀕」字同意，象以水洗面
之意，甲骨文作 寧二‧五二、 後下一二‧五等形，後變象意爲形聲，
从頁㳫聲；穎，西周金文作 師穎簋形，从水；盥，西周金文作 魯

〔註35〕楊樹達，《積微居小學述林》，北京，中華書局，1983 年，第 53 頁。

伯愈父匜形，从皿，表盛水之意。

169、琂－瓃

琂，西周金文作大克鼎形，从頁玉聲；瓃，西周金文作項夑盨形，增止於人形。

170、頣－⿰卣夒

頣，西周金文作大克鼎形，从卣从頁；⿰卣夒，西周金文作逨盤形，从夒，與从頁同意。

171、⿰旨頁－⿰旨首、⿰旨⿱頁山、⿰旨手、⿰亻旨

⿰旨頁，西周金文作㦰方鼎形，从頁旨聲；⿰旨首，西周金文作公臣簋形，从首旨聲，从首从頁同意；⿰旨⿱頁山，西周金文作逆鍾形，从山；⿰旨手，西周金文作乖伯歸夆簋形，从手，以表从首或从頁之意；⿰亻旨，西周金文作羼敖簋蓋形，从人與从首、从頁同意。

172、文－玟

文，西周金文作趩作父戊罍形，象人正立，胸前有刻畫之紋飾；玟，西周金文作大盂鼎形，增王，爲周文王之專用字，與「武」字增王成異構「珷」字同意。

173、⿰台司－⿰厶司

⿰台司，西周金文作姒伯簋蓋形，从台聲；⿰厶司，西周金文作趞盂形，从厶聲與从台聲同。

174、⿰彳⿹勹复－⿹勹复

⿰彳⿹勹复，西周金文作多友鼎形，从勹復聲；⿹勹复，西周金文作史牆盤形，从勹復聲。

175、⿱艹丂－苟

⿱艹丂，西周金文作大盂鼎形，象狗蹲踞警惕之形，爲「敬」、「警」之象意

初文；苟，西周金文作 班簋形，有警則吠，故增口。

176、敬－攼

敬，西周金文作 叔趯父卣形，攼，西周金文作 叔趯父卣形，與「苟」字同意。

177、廣－寚、廥

廣，西周金文作 史牆盤形，從厂黃聲；寚，西周金文作 士父鍾形，廥，西周金文作 番生簋蓋形，從宀、從厂與從广同意。

178、廟－廟、鄭

廟，西周金文作 塱方鼎形，從广朝聲。

廟，西周金文作 免簋形，「朝」字改為從川，田倩君：彥堂師謂，地理環境影響文字是很自然的，從月之朝字定是先民於平原之上見日出於草蓽中，殘月在天之情景下所創造之，至於從水之朝是古人於河邊或舟上見日出於草間而創造之，故加河川之邊旁；鄭，西周金文作 廟屍鼎形，從宀與從广同意。

179、厰－寏

厰，西周金文作 兮甲盤形，從厂敢聲；寏，西周金文作 不其簋蓋形，從宀與從厂同意。

180、易－昪

易，西周金文作 兮甲盤形，昪，西周金文作 易不簋形，「旦」字作 七年趙曹鼎形，象日始出而為離地之形，「易」字或說與之相對，象太陽漸次升高之形，所從斜畫或可看作太陽所發出的光線。

181、豦－虡

豦，西周金文作 盠駒尊形，《說文·豕部》：「豦，鬥相丮不解也。從豕、虍。豕、虍之鬥，不解也。」

𤾗，西周金文作般仲𤾗簋形，从止表動作，與相鬥之意相關。

182、鬣－譻、瞽

鬣，西周金文作召卣形，从二鬣，鬣當為某種動物之象形；譻，西周金文作召尊形，从甘；瞽，西周金文作瞽作祖乙鼎形，从口，當為从甘之變。

183、駒－𩡧

駒，西周金文作達盨蓋形，从馬句聲；𩡧，西周金文作達盨蓋形，聲符句省為𠱠。

184、鼉－鼂

鼉，西周金文作遣小子𩰊簋形，从黽从五从酉；鼂，西周金文作柞伯簋形，从黽从酉，不从五。

185、獻－𩰪、爛、𤢐、虪

獻，西周金文作虢季子白盤形，从虎从犬从鼎會意為鼎實；𩰪，西周金文作𩰪簋形，从鼎與从鬲同意；爛，西周金文作寰盨形，从犬从鼎會意；𤢐，西周金文作彊伯盨形，从二犬从鼎以會意；虪，西周金文作見作盨形，从虎从鼎會意。

186、犙－猋

犙，西周金文作癲鍾形；猋，西周金文作南宮乎鍾形，从二犬與从三犬同意。

187、燹－燓、𤊾

燹，西周金文作五祀衛鼎形，《說文・火部》：「燹，火也。从火豩聲。」𤊾，西周金文作項燹盨形，楊樹達：豕與豕本為一字，豩與豩亦當同字。[註36]

〔註36〕楊樹達，《積微居金文說》（增訂本），北京，中華書局，1997 年，第 175 頁。

斆，西周金文作 ▣ 斆王盉形，增从攴，疑會手持之意。

188、舜－咎、隣

舜，西周金文作 ▣ 尹姞鬲形，从大，人形旁有小點，李孝定謂蓋舜火著人身之象。〔註37〕从二止，表人行而舜火著於身。

咎，西周金文作 ▣ 史牆盤形，不从止，从口。銘文中多用此字為稱美之辭，古稱美之辭多从口或甘，故增口。

隣，西周金文作 ▣ 順史鬲形，从阜从舜，从阜之意當與从止相關。

189、熒－焱、嫈

焱，西周金文作 ▣ 大盂鼎形，象兩燭相交，以表明意，為「熒」字初文；

嫈，西周金文作 ▣ 榮子父戊盉形，从口，此「口」為「圓」或「環」之象形初文，从環焱聲，為「營」之古文。

190、壺－奉、瓽、鑰

壺，西周金文作 ▣ 作旅壺形，象壺之形；奉，西周金文作 ▣ 員作旅壺形，从廾，會雙手持壺之意；瓽，西周金文作 ▣ 紀仲觶形，从殳，表動作；鑰，西周金文作 ▣ 函皇父簋形，从金，標明器物材質。

191、懿－歖、歟、憨

歖，西周金文作 ▣ 飤壺形，从壺从欠，壺亦聲，壺、壹古同字；歟，西周金文作 ▣ 班簋形，左部所从當為壺之簡省形；憨，西周金文作 ▣ 史牆盤形，从心，或說字當為噎之古文，〔註38〕从心、从口相關。

192、執－勢、埶、䢅、敊

勢，西周金文作 ▣ 執卣形，象以械拘人之意；埶，西周金文作 ▣ 多友鼎形，从女，亦表人形；䢅，西周金文作 ▣ 師寰簋形，从廾，強調拘人之動作；敊，西周金文作 ▣ 師𩟟鼎形，从攴，亦強調動作。

〔註37〕李孝定，《金文詁林讀後記》，香港，香港中文大學出版社，1977年，第366頁。

〔註38〕郭沫若，《兩周金文辭大系圖錄考釋》，上海，上海書店出版社，1999年，第82頁。

193、莽－莽、祥

　　莽，西周金文作 ![字形] 叔矢方鼎形，《說文‧本部》：「莽，疾也。从屮卉聲。拜從此。」或說象草根之形。

　　祥，西周金文作 ![字形] 矢令方彝形，从示，銘文中常用爲求福、祈求之意，如衛鼎：「用莽壽匄永福。」故从示。

　　莽，西周金文作 ![字形] 彔伯致簋蓋形，从廾，或用於表祈求之動作。

194、靯－㛮

　　靯，西周金文作 ![字形] 虢季子白盤形，从莽允聲；㛮，西周金文作 ![字形] 多友鼎形，从卂，靯字銘文中多用爲嚴狁之狁，故此處从與人形相關之卂。

195、𡇨－隑

　　𡇨，西周金文作 ![字形] 隑作父乙尊形；隑，西周金文作 ![字形] 隑作父乙尊形，或謂字从目六聲，作隑者，殆爲陸之異構。〔註39〕

196、奘－奘

　　奘，西周金文作 ![字形] 伯侯父盤形；奘，西周金文作 ![字形] 奘方鼎形，从大、从文同意。

197、嗀－嗀

　　嗀，西周金文作 ![字形] 嗀簋形，从夫从害，夫、大同字，夫亦大也，「嗀」字在銘文中正用爲後世之「胡」，胡亦表大義；嗀，西周金文作 ![字形] 嗀父簋形，从巨，亦表大義。

198、慎－㥜、懃

　　㥜，西周金文作 ![字形] 遹盤形，从心斦聲；懃，西周金文作 ![字形] 大克鼎形，从悳斤省聲，从心與从悳同意。

〔註39〕劉釗，《古文字構形學》，福州，福建人民出版社，2006 年，第？頁。

199、懋—懋

懋，西周金文作 ![字形]小臣謎簋形，《說文‧心部》：「懋，勉也。从心楙聲。《虞書》曰：時惟懋哉。」懋，西周金文作 ![字形]小臣謎簋形，聲符改變，待考。

200、淮—雒

淮，西周金文作 ![字形]小臣謎簋形，从水，隹聲。

雒，西周金文作 ![字形]夨方鼎形，从水，唯聲，而唯亦从隹得聲。

201、淵—ㅐ

淵，西周金文作 ![字形]沈子它簋蓋形，《說文‧水部》：「淵，回水也。从水，象形。左右，岸也。中象水皃。」

ㅐ，西周金文作 ![字形]史牆盤形，唐蘭：「王孫鍾肅字从 ![字形]，叔弓鎛簠字从 ![字形]，子仲姜鎛簠字从 ![字形]，並可證。」〔註40〕不从水，當為淵字初文。

202、溓—濂

溓，西周金文作 ![字形]司鼎形，从涉，兼聲，後多作 ![字形]寍鼎形，从水，兼聲。

濂，西周金文作 ![字形]厚趠方鼎形，从水、从止，為从涉之省。

203、沬—頮、頮、頮、頮、頮、頮、盥、頮、頮、盨、賓、盥

《說文解字‧水部》：「沬，灑面也。从水未聲。![字形]，古文沬从頁。」

頮，西周金文作 ![字形]史牆盤形，臼表人之雙手，ㅐ表倒置之器皿，頁為人首之形，全字組合起來，表示一人捧皿注水以洗面。

頮，西周金文作 ![字形]伯梁其盨形，从頁，从倒置之皿。

頮，西周金文作 ![字形]頌鼎形，从頁，从倒置之皿，下部小點當為水滴之形。

頮，西周金文作 ![字形]伯康簋形，从臼，从倒置之皿，从頁，从水。

〔註40〕唐蘭，《略論西周微氏家族窖藏銅器群的重要意義》，《文物》，1978年第3期。

盥，西周金文作 ![圖] 追簋形，從臼，從頁，從倒置之皿，下部之撇與盥字下部從水同意，均爲傾注之水形。

盥，西周金文作 ![圖] 仲枏父鬲形，從頁，從皿，下部之皿用以盛接傾注之水。

盥，西周金文作 ![圖] 召壺蓋形，從頁、從皿、從水會意。

盥，西周金文作 ![圖] 仲禹父簋形，從臼，從頁，從倒置之皿。

盥，西周金文作 ![圖] 仲師父鼎形，從臼，從頁，省倒置之皿。

盥，西周金文作 ![圖] 薛侯盤形，從倒置之皿，從頁，從皿，上部之皿用以傾注，下部之皿用以承接。

盥，西周金文作 ![圖] 薛侯盤形，從宀表室內，從手錶洗面之動作。

盥，西周金文作 ![圖] 虘伯盤形，從臼，從倒置之皿，從頁，從水，從皿，合體會意。

204、渣－沽

渣，西周金文作 ![圖] 渣伯遽卣形；沽，西周金文作 ![圖] 沽爵形，從甘省爲從口。

205、瀕－頒、灥、陟

瀕，西周金文作 ![圖] 散簋形，《說文·瀕部》：「瀕，水厓。人所賓附，頻蹙不前而止。從頁從涉。」金文從水、從步、從頁，象人至水旁，雙足止步而未涉，與《說文》同意。

頒，西周金文作 ![圖] 頒史鬲形，從水、從川同意。

灥，西周金文作 ![圖] 伯晨鼎形，從川，從步，從頁省。

陟，西周金文作 ![圖] 效尊形，從川，從步，省頁。

206、永－泳

永，西周金文作 ![圖] 作宗寶方簋形，從人、從彳、從水，本爲象人在水中游泳之事；泳，西周金文作 ![圖] 黽鼎形，從人，從辵，表動作。

207、靁—畾

靁，西周金文作 盠駒尊形；畾，西周金文作 陵作父日乙罍形，省雨。

208、霝—霝

霝，西周金文作 追簋形，《說文・雨部》：「霝，雨零也。從雨，皿象雩形。《詩》曰：霝雨其蒙。」

霝，西周金文作 追簋形，從霝，從龠，銘文中此字後緊跟樂器用字，如大克鼎下有鼓鐘，鄭井叔鍾下有鍾，故字增從龠。

209、漁—𣲏

漁，西周金文作 井鼎形，從水、從魚；𣲏，西周金文作 遹簋形，從廾，強調捕魚動作。

210、闌—蘭、寗

闌，西周金文作 鄂侯鼎形，《說文・門部》：「闌，門遮也。從門柬聲。」本義當為門闌；蘭，西周金文作 蘭監父己鼎形，或說為從閒、柬聲；寗，西周金文作 利簋形，或說從宀、蘭聲，于省吾先生以為三字均繫「管」字初文。〔註41〕

211、聝—馘、戜

馘，西周金文作 多友鼎形，從爪、或聲，《說文・耳部》：「聝，軍戰斷耳也。《春秋傳》曰：以為俘聝。」

戜，西周金文作 虢季子白盤形，從爪，或省聲。又，戜字或說非從爪、或聲，而是從戈、從倒首之形，下部為首之髮鬚，故戜字省形為省倒首上部，唯留倒垂之髮。

212、捧—拜、頪、損

捧，西周金文作 𪊽簋形，《說文・手部》：「捧，首至地也。從手、桼。，古文拜。，楊雄說：拜從兩手下。」

〔註41〕于省吾，《利簋銘文考釋》，《文物》，1977年第8期。

拜，西周金文作 尹姞鬲形，從兩手。

頮，西周金文作 虢簋形，因「捧」字義與首相關，且銘文中常見「捧（拜）手頶（稽）首」之句，故從頁，強調首意。

揝，西周金文作 友簋形，從手，從頁。

213、揚－旲、頨、嫛、禓、敡、眻、剔、嫛、瞁、敡、寣、阝昜、昜、玤、瘍、傷

旲，西周金文作 令鼎形，從廾，從玉璧，象人跽坐而高舉玉璧之形，以表敬事奉揚君上之意；頨，西周金文作 作冊睘卣形，從廾，從玉，從玉璧，與旲字同意；嫛，西周金文作 師酉簋形，與頨字同意；禓，西周金文作 耳尊形，從示，以表祭祀時奉揚玉璧之意；或說示字乃丂之變。

敡，西周金文作 南宮柳鼎形，從玉，從玉璧，從攴，從攴強調奉揚之動作。

眻，西周金文作 歸夨方鼎形，從廾，昜聲；剔（賜），西周金文作 頌簋形，與眻字同意；嫛，西周金文作 宰獸簋形，增女亦表人形。

瞁，西周金文作 吳生殘鍾形，從旡，昜聲，旡亦可表人。

敡，西周金文作 天亡簋形，從攴，昜聲，從攴強調奉揚之動作。

寣，西周金文作 新尊形，從宀，昜聲，從宀之意待考，或表室內之意。

阝昜，西周金文作 農卣形，從阜，昜聲，從阜之意待考。

昜，西周金文作 呂方鼎形，從廾從昜，玉、玉璧、丂合體會意。

玤，西周金文作 公臣簋形，從尹與從廾同意，疑井爲玉之訛。

瘍，西周金文作 虢叔旅鍾形；傷，西周金文作 殳簋蓋形，從人、從廾同意。

214、播－敉、攽

敉，西周金文作 師旂鼎形，從攴釆聲。

穀，西周金文作 仲播簋形，从攴、从犬，釆聲，上古犬亦可用於農事，如「麳」字从耒从犬。

215、撲－戥、剌、厩

戥，西周金文作 戥鍾形，从戈業聲；剌，西周金文作 禹鼎形，从刀與从戈同意；厩，西周金文作 兮甲盤形，从厂，《說文·厂部》：「厂，山石之厓巖。」疑爲叩石撲玉之專字。

216、捷－戋、戠、莝

戋，西周金文作 塱方鼎形，象以戈斷草莖之意；戠，西周金文作 遣鼎乙形，从邑，或與戰爭相關；莝，西周金文作 呂行壺形，从茻與从艸同意。

217、姞－敂

姞，西周金文作 夷伯夷簋形，从女吉聲；敂，西周金文作 孟辛父鬲形，口簡省爲二短橫，「二」爲西周金文中常見的簡省符號，如「履」字本作 士山盤形，下部从頁、从止，但西周晚期有 散氏盤形，裘錫圭：「頁下無趾形，又省舟爲二短橫。」〔註42〕又如上文所舉之「傳」 小臣傳簋字，亦可簡省作 散氏盤形；「敂」字與此同意。

218、嬴－嫏、赢

嬴，西周金文作 嬴霝德鼎形，从女嬴聲；嫏，西周金文作 嬴季卣形，从卩與从女同意；赢，西周金文作 妊爵形，爲嬴蟲之象形初文。

219、婦－嬪

婦（敀），西周金文作 中婦鼎形，从女持帚會意；嬪，西周金文作 中婦鼎形，从宀表室內。

〔註42〕裘錫圭，《古文字論集·西周銅器銘文中的「履」》，北京，中華書局，1992年，第367頁。

220、始－𡚱、姒、娸、姛、婋、娯

《說文‧女部》:「始,女之初也。从女台聲。」金文「始」字異體眾多,皆从女,但聲符繁簡不一。𡚱,西周金文作 虎叔毀形,从女厶聲;姒,西周金文作 翟姒簋形,从女台聲;娸,西周金文作 奢簋形,从女甹聲;姛,西周金文作 保侃母壺形,从女司聲;婋,西周金文作 燕侯旨鼎形,所从之「又」為「弖」之訛;娯,西周金文作 雍姒簋形,疑「目」為「口」之訛。

221、嫚－妟

嫚(敽),西周金文作 鄧公簋形,从女,曼聲;妟,西周金文作 鄧孟壺蓋形,聲符省簡,或說為「曼」字。

222、肇－叟、䃶、啓、肇

肇,西周金文作 致方鼎形,从戕,象以戈擊戶之意,从聿聲;叟,西周金文作 黃尊形,从又,表以手持戈之意;䃶,西周金文作 滕虎簋形,从戶、从聿,省略戈;啓,西周金文作 虢叔旅鍾形,从戕,从口;肇,西周金文作 史牆盤形,从戕,从辜。

223、戜－戥

戥,西周金文作 班簋形;戜,西周金文作 晉侯蘇編鍾(四)形,古文字中常於長豎筆上加圓點,後又演變為橫畫,《說文‧戈部》:「戜,利也。一曰剔也。从戈呈聲。」此字當从呈聲。

224、或－䣱

或,西周金文作 宜侯矢簋形,象以戈守禦疆域之意;䣱,西周金文作 師袁簋形,从邑,表疆域之意。

225、武－珷

武,西周金文作 作冊大方鼎形,从戈从止,會荷戈行走之意,本義為征伐示威;珷,西周金文作 作冊大方鼎形,增从王,為武王之專字。

226、乍－复、舁、攴、𣪊

　　乍，西周金文作 ![圖] 伯作鬲形，或說表耕作之意，與耤同源；复，西周金文作 ![圖] 仲㺇盨形，从又，表示動作；舁，西周金文作 ![圖] 圅君盃形，从廾，與从又同意；攴，西周金文作 ![圖] 陵貯簋形，从攴，表示動作；𣪊，西周金文作 ![圖] 虢文公子𣪊鼎形，从殳，與从攴同意。

227、匜－盈、鈑、舁

　　盈，西周金文作 ![圖] 伯㦰匜形，从皿从它，或謂「它」即「匜」之象形初文；鈑，西周金文作 ![圖] 中友父匜形，从金，強調器皿質地；舁，西周金文作 ![圖] 師同鼎形，从廾，表手持之意。

228、彌－彌

　　彌，西周金文作 ![圖] 史牆盤形，从弓爾聲；彌，西周金文作 ![圖] 史牆盤形，聲符增从日，與女部之「嬭」字同。

229、𢽟－敊

　　𢽟，西周金文作 ![圖] 㝬鐘形，《說文·弦部》：「𢽟，弛戾也。从弦省，从𢽜。」敊，西周金文作 ![圖] 史牆盤形，不从皿。

230、組－綬

　　組，西周金文作 ![圖] 㝬鐘形，从系且聲；綬，西周金文作 ![圖] 虢季氏子組簋形，聲符增又，从系𥅆聲。

231、紳－䌛、䌛

　　䌛，西周金文作 ![圖] 大克鼎形，从䌛，从東，田聲，為申束之「申」的本字，䌛象兩手治絲之形，東亦有束義，田、申音近，此字本義為約束，大帶乃其引申義；䌛，西周金文作 ![圖] 宰獸簋形，不从東，从二田。

232、綽－𦃆

　　綽，西周金文作 ![圖] 蔡姞簋形，从系卓聲；𦃆，西周金文作 ![圖] 膳夫山鼎形，从䌛从系同意。

233、恆－亙

恆，西周金文作 恆父簋形，从心亙聲；亙，西周金文作 恆觶形，不從心，孳乳爲恆。

234、封－邽、邽

邽，西周金文作 六年召伯虎簋形，从廾从豐，古時受封後植樹以標識，豐象移植之草木，廾表雙手植樹之動作；邽，西周金文作 六年召伯虎簋形，下部作土形，表植樹封土之意。

235、坏－壥

坏，西周金文作 鄂侯鼎形，从土不聲，所从「土」字略有訛變。

壥，西周金文作 競卣形，从亯从不，《說文・亯部》：「亯，度也，民所度居也。从回，象城亯之重，兩亭相對也。」與「土」義相關，「坏」字从亯作「壥」，與「城」字从亯作「𩫸」同意。

236、堇－菓、菓

菓，西周金文作 堇臨作父乙簋形，象雙手交縛之人置於火上之形，或說即「熯」之古字，意爲焚人牲以求雨；菓，西周金文作 堇臨作父乙簋形，下部所从之「火」已有訛變。

237、釐－𢼭、𡎚、𡎚、犛

釐，《說文解字・里部》：「釐，家福也。从里犛聲。」甲骨文字作 合八一三六、甲二六九五等形，象手持來（意同麥），以攴擊之使脫粒之形，以示有豐收之喜慶，引伸之爲福祉之義，爲釐之初文。西周金文作 應侯見工簋（乙）形，从里从犛，林義光曰：「里、犛皆聲也。」〔註43〕

𢼭，西周金文作 師酉簋形，从攴，與从又同意。

𡎚，西周金文作 芮伯壺形，不从攴，从來，以表麥義，从里聲。

〔註43〕林義光，《文源・卷十二》，董蓮池主編，《說文解字研究文獻集成（現當代卷）》第二冊，北京，作家出版社，2007 年，第 133 頁。

查，西周金文作 飼作釐伯簋形，同査字。

䅆，西周金文作 史牆盤形，从子，表人持麥，以攴擊之使脫粒之形。

238、鑄－盠、盉、鑪、爂、盨、盟、鼉、鐕、鑸、盨、鑸、鏺、鑑

盠，西周金文作 芮公簋蓋形，从臼、从鬲、从火、从皿，象以手持坩堝倒
　　入器皿之形，會銷金鑄器之意。

盉，西周金文作 太保方鼎蓋形，从鬲、从火、从皿。

鑪，西周金文作 榮伯鬲形，从臼、从鬲、从金、从皿，从火強調銷鑄之
　　手段，从金強調銷鑄之對象。

爂，西周金文作 鄭鑄友父鬲形，从臼、从鬲、从火。

盨，西周金文作 塱肇家鬲形，从臼、从鬲、从皿，罡聲，改象意爲形聲。

盟，西周金文作 王人甾輔瓶形，从皿，罡聲。

鼉，西周金文作 仲爻盨形，从臼、从鬲、从火、从皿，罡聲，於盠字上添
　　加聲符罡。

鐕，西周金文作 師同鼎形，从金，罡聲。

鑸，西周金文作 晉侯𩵦鼎形，从金，从鼉，从金強調銷鑄之對象。

盨，西周金文作 鑄子叔黑臣簋形，从金，从升，从鼉，从金強調銷鑄之對
　　象，从升強調銷鑄之容積。

鑸，西周金文作 彔盨形，从鬲，罡聲。

鏺，西周金文作 虢叔盨形，从金，从又，罡聲，表以手持金之意。

鑑，西周金文作 晉侯鬲形，从金、从火、从皿，罡聲。

239、鈞－匀、勻

匀，西周金文作 幾父壺形，从勹从金；勻，西周金文作 旬盉形，从勹
　　从二，二爲金塊之象形。

240、鈴－鋚

鈴，西周金文作 師袁簋形，从金从令，令亦聲；鋚，西周金文作

毛公鼎形，从金从命，命、令古同字。

241、処－處、虍

處，西周金文作 史牆盤形，象人據几而處，虍聲；虍，西周金文作 龢鍾形，不从几。

242、俎－刟

俎，西周金文作 三年瘭壺形，象肉在俎上之形；刟，西周金文作 致方鼎形，从俎从刀，表操刀割肉之意。

243、較－較

較，西周金文作 毛公鼎形，《說文・車部》：「較，車騎上曲銅也。从車爻聲。」

較，西周金文作 象伯致簋蓋形，从攴以表駕車之動作。

244、陸－阦

陸，西周金文作 義伯簋形，从自从二坴；阦，西周金文作 陸婦簋形，从餡，从坴，从自、从餡同意。

245、降－䧱

降，西周金文作 瘭鍾形，从自，夅聲；䧱，西周金文作 降叔豆形，从阜，夅聲，《說文・阜部》：「阜，小自也。」从自、从阜同意。

246、畳－䏉、曾

䏉，西周金文作 小臣謎簋形，从自，从臼。自，師也，表所遣之師，臼，象雙手遣之。

曾，西周金文作 太保簋形，从口，古文字中从口與从言同意，或說此為「譴」之古字。

247、陳－敶

陳，西周金文作 小臣謎簋形，从自，東聲；敶，西周金文作 陳侯簋

形，从攴表動作。

248、嘼－單

嘼，西周金文作嘼作父乙卣形；單，西周金文作交鼎形，一从口，一不從口，或說增口是爲了與「單」字區別。

249、獸－狩、獸

獸，西周金文作先獸鼎形，唐蘭：「獸是狩的本字，獸字从單从犬，單是畢一類的東西，和獵犬都是狩獵的工具。」〔註44〕獸，西周金文作大盂鼎形，从止，強調狩獵之動作。

250、甲－衣

甲，西周金文作戈父甲甗形，構意難明，或說與「七」同源分化。

衣，西周金文作彔簋形，从衣，強調衣甲之意。

251、尤－迀

尤，西周金文作獻簋形，于省吾：「尤字的造字本義，繫於又字上部附加一個橫劃或斜劃，作爲指事字的標誌，以別於又，而仍以又字爲聲。」〔註45〕古文字中多表過失之意。

迀，西周金文作麥方尊形，从辵，強調過失之動作行爲。

252、辥－辝、辪

「辥」字甲骨文作乙四〇七一、前六‧四‧一形，从自，从辛，辛即刈刀之象形，「辝」字西周金文作何尊形，與甲骨文同；「辪」字西周金文作何叔趲父卣形，从屮，與辛相關，表刈草之意，刈草有治理之意，正與「辥」字訓治一致；「辪」字西周金文作逨盤形，从止，當爲屮之訛。

〔註44〕唐蘭，《論周昭王時代的青銅器銘刻‧卅二‧員鼎》，《古文字研究》第二輯，北京，中華書局，1981 年。

〔註45〕于省吾，《甲骨文字釋林》，北京，中華書局，1979 年，第 452 頁。

253、辤—辝、辝

《說文‧辛部》：「辤，不受也。从辛从受。受辛宜辤之。辝，籀文辤从臺。」辝，西周金文作 匜籀形，與《說文》籀文同，从辛从台；辝，西周金文作 伯六辤方鼎形，从辛从台，與从台同，可參看上文「始」字異構作「辝」。

254、辭—辭、辭、辭、辭

《說文‧辛部》：「辭，訟也。从辭，辭猶理辜也。辭，理也。」辭，西周金文作 儷匜形，从辭，从辛，辭象兩手治絲之形，辛為刈草之工具，从辭从辛故可訓治、訓理。

辭，西周金文作 儷匜形，增从言，亦可有治理之意。

辭，西周金文作 公臣簋形，不从辛而从司，司表司理之意，與辛同意。

辭，西周金文作 此鼎形，从司與从司同意。

255、子—子

《說文‧子部》：「子，十一月，陽氣動，萬物滋，人以為偁。象形。子，古文子从巛，象髮也。子，籀文子囟有髮，臂脛在几上也。」子，西周金文作 邾仲子日乙簋形，象形；子，西周金文作 鼄鍾形，與《說文》籀文同。

256、孟—盆

孟，西周金文作 曾叔奐父盨形，从子皿聲；盆，西周金文作 伯家父簋形，上增二飾筆。所从之「子」字有於下部增添飾筆的例子，如《說文‧人部》：「保，……子，古文保。」春秋戰國之「孟」字或作 匹君壺形，疑此「盆」字上增二飾筆與此相關。

257、春—曶、昏

《說文‧艸部》：「春，盛皃。从艸从日。」曶，西周金文作 構勺白戈形；昏，西周金文作 叔昏妊簋形，西周金文均从二子，但一从日，一

從口，或爲形近而混。

258、育－毓、尸

毓，西周金文作 班簋形，從母，從倒子之形；尸，西周金文作 史牆盤形，從人，與從母同意。

259、羞－羑、羕

羑，西周金文作 仲姞鬲形，從羊從又，會持羊進獻之意。

羕，西周金文作 羞鼎形，從羊從廾，強調雙手持羊之意。

260、辰－歷、晨、屖

辰，西周金文作 土上卣形，象蜃器之形，爲古之耕作工具。

歷，西周金文作 旂鼎形，從止，可表耕作之動作。

晨，西周金文作 伯中父簋形，從又，會手持蜃器以耕作之意。

屖，西周金文作 曶鼎形，從廾，與從又同，表雙手持器之意。

261、醢－徧

醢，西周金文作 旟鼎形；徧，西周金文作 叔趞父卣形，或以爲此字從酉，徧聲，「醢」字則爲從酉，徧省聲。〔註46〕

262、尊－隮、奠

《說文·酋部》：「尊，酒器也。從酋，廾以奉之。《周禮》六尊犧尊、象尊、著尊、壺尊、太尊、山尊，以待祭祀賓客之禮。」尊，西周金文作 三年㿿壺形，與《說文》同構。

隮，西周金文作 史牆盤形，從阜，以示登階奉獻之意。

奠，西周金文作 舟父戊爵形，從酉，象酒尊之形，從酉與從酋同意，《說文·酋部》：「酋，繹酒也。從酉，水半見於上。」

上述 262 組異構字中，共包括了 572 個（不計字頭）西周金文異構字，其

〔註46〕李學勤、唐雲明，《元氏銅器與周的邢國》，《考古》，1979 年第 1 期。

中西周早期出現有異構字 244 個，約占 42.66%；西周中期出現有異構字 278 個，約占 48.6%；西周晚期則出現有異構字 311 個，約占 54.37%；無法分期的西周時期也出現了異構字 39 個，約占 7%，列表對比如下：

	西周早期	西周中期	西周晚期	西　　周
字　數	244	278	311	39
比　例	42.66%	48.6%	54.37%	7%

　　從所佔比例來看，從早期到晚期逐步升高，這也與春秋戰國時期異體眾多、文字異形的發展趨勢相吻合。

附:《西周金文異構字分佈表》

字頭	異構			
	早	中	晚	西周
福			叡	
			寁	
			袚	
			襮	
				福
				窟
				窟
禋			�	
				禜
祭	祟			
祖		且		
		昃(俎)		
			昄	
祈			旛	
				旝
祈		旛	旛	
珏			瑴	
				瑴
每		娒		
荊		刅		
			刱	
若		芳		
叙	堅			
莫	苜			
莽				莽
必			泌	
犅			剛	
		剛		
名			格	

字頭	異構			
	早	中	晚	西周
召			召	
	醫			
	醫			
	舉			
	鹽		鹽	
				鹽
				醫
周	冎			
各	徦			
纖	戁			
嚴			厰	
單			單	
走		徙		
趄			逗	
趙		趒		
歸		歸		
			避	
			歸	
登		夆		
	昇		昇	
正		岾		
邁		徦		
			蠆	
造		逤		
			遳	
			窖	
			艁	
		寚		
逆			避	
			避	
	窒			
		迲		

字頭	異構			
	早	中	晚	西周
邁	䢙			
通		痛		
			遍	
遣		趞		
遹			繘	
適			遄	
				遳
			勪	
遺		遅		
道	衜			
			墬	
		衠		
			衞	
邊	㦮			
遲	徎			
德			悳	
	值			
		惠		
得			㝵	
		復		
御			卲	
	卸			
			御	
			馭	
馭		馭		
衛	婁			
		衛		
		衛		
龠	龠		龠	
龢	龢			
博			博	
			載	
世	枻			
	笹			
			鞁	

字頭	異構			
	早	中	晚	西周
言			晉	
許		話		
對			敱	
		鈕		
			靮	
		業		
僕	廥			
	僕			
韓			甗	
具		昇		
	鼎		鼎	
興			輿	
晨	壘			
		還		
			屢	
農		晨		
		農		
	蕽		蕽	
	晨			
		壘		
			壘	
	蔓			
勒		鑿		
		鞠		
鞭		夋		
		峻		
靳			斷	
		斵		
鞃		剹		
高	㝵			
			髙	
斟	喎			
			囂	

字頭	異構			
	早	中	晚	西周
軌			軌	
				坒
燮	狀			
	祆			
及			返	
				伋
叔	扭			
友		客		
		客		
左		𠂇		
	㕜			
啟		𢻻		𢻻
		啟		
		㢁		
徹	敵			
		㪻		
敏		敏		
更			㪅	
		遇		
敬		敀		
			㪉	
			敱	
敩		學		
貞		鼎		
爽	爽			
省			徝	
			復	
盾		㪍		
		盾		
雝		雄		
			雝	
	䧹			

字頭	異構			
	早	中	晚	西周
雝			䧹	
	歔			
	雝			
	盧			
				鑪
羌	羌			
幾		幾		
閼			鬮	
受		嗳		
肖			小	
			併	
利			刜	
則		刵		
		劓		
剛	剛			
耤	耒			
	耤		耤	
解	犀			
	斝			
簞			簟	
簋		毀		
			厩	
箕		甘		
		其		
		期		
			簍	
典	㸚			
巨		𢀜		
		𢀜		
	玏			
曆			曆	
		曆		
		曆		
			曆	
		曆		
	曆			

字頭	異構			
	早	中	晚	西周
猒		𦣞		
粤		𥄂		
			𥄂	
寧	寧			
于		𠂤		
鼓		鼓		鼓
豊	𧯊			
盂		𥂖		
齍		𥂑		
		齍		
	𥂷			
	𧯆			
	𥂦			
盨	𥂧		𥂧	
			𥂺	
			𨥓	
			𥂪	
			𥂴	
			𥂥	
			𥂡	
		𨦦		
			𥂲	
			𥝌	
		𥂩		
		𥂢		
			𥂳	
			𥂯	
盉		𥁰		
			𥂵	
			𥝎	
			𨦏	
鬱	𣛭			
	𣛯			

字頭	異構			
	早	中	晚	西周
爵		𣦼		
𣪇		𣪊		
		𣪉		
	𣪇			
饎		𩟐		
	𩜸			
			𩟏	
會		𣨒		
高	𦰡			
冂		冋		
牆		牆		
		牆		
來	逨			
朱		𥥍		
槃		盤		
			鑒	
		般		
	𦩎		𦩎	
櫥		𥅆		
			𨦳	
樂		𣜩		
楚			𣐽	
薔		𣊊		
		𨦡		
		𣋇		
		𣊟		
			𣪝	
			𣪞	
			𧞠	
			𤑶	
			𣏓	
			𨦱	
			𣪟	
韱		𦍹		
			𠊪	

字頭	異　構			
	早	中	晚	西周
賓	㝱		㝱	
			宮	
		賓		
賣	賣			
		商		
徝			遺	
			徽	
			賵	
旅		㫃		
		轍		轍
		旝		
		旗		
霸		霸		
			霏	
盟	盟			
殂			婆	
			奴	
鼎		鼎		
		鼏		
鼒			鼎	
		鼎		
		鼎		
	剎			
			鼎	
	鼎			
穆			㮌	
秦	秦		秦	
		秦		
兼			兼	
		兼		
		兼		
梁			梁	
			沴	
室		窒		
宇		寓		

字頭	異　構			
	早	中	晚	西周
安	㝫			
宴			侒	
寶	寶			
			寶	
	寶			
		寶		
			庭	
	寶			寶
			寶	
	宷		寶	
	寶		寶	
		寶		
	寶			
	寶			
	寶			
		寶		
			寶	
	寶			
守	守			守
客	㝐		㝐	
		㝐		
害		害		
尤			冤	
	冗		冗	
			宴	
			安	
		㝮		
宝	室			
		寶		
		寶		
寮	寮		寮	
胄		冑		
歸	歸			
市		杮		
保		㑄		

字頭	異構			
	早	中	晚	西周
佩	帆			
倗		絣		
			絧	
何		妿		
付		伩		
俉	伟			
傳			僮	
併			侯	
			嬈	
			膝	
從	坅			
	斨		斨	
望		望		
殷		㝩		
裘			求	
壽		耋		
			嚳	
		夒		夒
		耋		
			盡	
			㽙	
		曷		
			㠯	
考	老			
		耉		
犀		遲		
朕			倜	
允			妛	
兄		㲈		
歡	饞			
		歡		
顥			頴	
		顯		
項			瓊	

字頭	異構			
	早	中	晚	西周
頲			龥	
頡			䫎	
			䫀	
			眥	
			頡	
文		玟		
訇		匌		
復	匐			
		复		
芀		苟		
敬	攲		攲	
廣		廣		
		廣		
廟		鯨		
			䩱	
厰			廠	
易		昜		昈
虜			虜	
絲	絆		倰	
	朁			
駒	嗎			
魯		魯		
獻		獻		
		爛		
		虜		
		蕭		
棽			棽	
燓		燚		
		燚		
舞	隣			
			咎	
熒		燚		
	答			
		犇		
壺		轂		
			鐘	

字頭	異　構			
	早	中	晚	西周
懿			彀	
	歓			
			憨	
執		朝		
			蓺	
			埶	
		敦		
奉	襃			
		奔		
鞄			嫂	
嬰	隩			
奭	奭			
尌	尌			
慎		陙		
		悬		
懋	楙			
淮		雅		
淵		肙		
溓		灊		
沫			釁	
		頮		
		釁		
			頮	
		頮		
		盘		
		盝		
			頮	
			頮	
			盝	
			寶	
		釁		
潏	澔			
	顄			
瀨	賸			
		矗		

字頭	異　構			
	早	中	晚	西周
永		沬		
畾	畕			
霝			霝	
漁		澂		
闌	壽			
		蘭		
職		戥		
			戒	
捧		拜		
			顂	
			揁	
揚		明		
		覭		
			覭	
		覭		
			敭	
		覭		
		覭		
			覭	
			覭	
	敡			
		寽		
		舉		
		覭		
			鼾	
			陽	
		獻		
播		秄		
		敄		
撲			戴	
			剝	
			戴	

字頭	異構			
	早	中	晚	西周
捷		戔		
			戠	
	櫱			
姞			敊	
嬴		嬴		
	嬴		嬴	
婦			嬦	
始		乨		
		㛵		
		娙		娙
	㛐		㛐	
	姷			
	娙			
嫚			晏	
肇		叟		
		肁		
			啓	
		壂		
或		戓		
或			鹹	
武	珷		珷	
乍		复		
		夅		
		𢓊		𢓊
			𢓊	
			盐	
匜		鉈		
		㚔		
彌			彌	
鏊		毄		
組			緵	
紳		䌥		
			䌥	
綽		𦅷		

字頭	異構			
	早	中	晚	西周
恆		亙		
封	邦			
			邽	
坏		郙		
堇		堇		
	堇		堇	
釐			斄	
		嫠		
		釐		
			㪺	
鑄	盥		盥	
	盥			
		盥		
			盥	
			盥	
		盥		
		盥		
			鐕	
			鑍	
		盥		
		盥		
		醠		
		盥		
鈞		鈞		
		匀		
鈴				
处		處		
			虎	
俎		俎		
較		較		
陸	陸			
降			夅	
曹	曶			
	曾			

字頭	異 構			
	早	中	晚	西周
陳			陳	
嘼	嘼			嘼
獸	獸			
	獸			
甲		衣		
尤	述			
辥	辥			
	辥		辥	
辤	辥			
	辤			
辭	鷂		鷂	
			譌	
		嗣		
		嗣		

字頭	異 構			
	早	中	晚	西周
子			巤	
孟			盆	
春		昏		
			吾	
育	毓			
		屍		
羞				羑
		羪		
辰	厤			
		屒		
		屛		
酷	儦			
奡		障		
	舁			

4.2.2　異構動因與目的

從上述對異構字構意的分析可以看出，西周金文異構字產生的原因是多方面的，異構字的構意目的也各不相同，具體說來，可以區分為下列六種產生動機與異構目的：

4.2.2.1　補足字義

西周金文異構字產生的第一種動機是為了補足字義，這是由於文字形體的抽象性與客觀物象的多面性之間的矛盾所導致的。西周金文追求以形表意，但平面、抽象的文字是沒有辦法、也沒有必要同時表現多面、立體的客觀物象的，使用者從不同的角度看待同一物象，會發現不同的重點和特徵，反映在文字上就是通過添加意符等手段來「補足」這些新的重點和特徵。

如「福」字，甲骨文本作 ▨ 佚七七五、 ▨ 乙四九九四等形，象酒器之形；後添加示旁，象灌酒於神前之形。殷人以酒象徵生活之豐富完備，故灌酒於神以報神之福，字多作從示從畐。西周金文承之，亦多作 ▨ 癭鍾形，從示畐聲，但早期有異構字作「戬」▨ 亞矣父乙觶形，從又表灌酒求福之動作。

中期、晚期則有「福」字 王伯姜鼎，增添意符宀，當爲強調灌酒報祭所在的宗廟之意；又有「寶」、「竈」、「寶」等異構，從宀之外，又從玉、從貝等，以補足報祭求福之時各種祭品之形。

與此類似的還有「對」字異構。《說文‧丵部》：「對，應無方也。從丵從口從寸。」甲骨文此字作佚六五七、前四‧三六‧四等形，李孝定謂象以手持丵（植物之象形）樹於土之形，金文中多作「對」遹卣形，張日昇謂象以手持符節形，與「封」同意。此字異體眾多，異構字有「對」晉侯對盨形，從廾，手持之意更爲明顯；又有「對」多友鼎形，從二又，補足雙手所持之意。

這種添加意符來補足字義的情況不僅僅局限於補足字義的完整性方面，還有一種情況是爲了強調字義的某一方面特徵，以此來凸顯字義。

例如「盨」字，從皿須聲，多作伯公父盨蓋形，是西周金文中的一個常見字，表示容器之意。此字西周金文中異體眾多，有「糈」杜伯盨，增從意符「米」，《禮記‧明堂位》：「有虞氏之兩敦，夏后氏之四璉，殷之六瑚，周之八簋。」鄭玄注曰：「皆黍稷器，制之異同未聞。」可見古人使用的這些器皿皆爲盛裝稻黍之用，「糈」字增從米，正爲了表示所盛之物。

又有異構「盨」字，作師克盨蓋形，增從意符「升」，當爲強調器皿容量。又有「盨」字，作仲肜盨形，增添意符「金」，當爲強調器皿的材料質地，與此類似的還有「匜」字西周晚期異構作「鎺」字，亦增意符「金」以強調器皿的材料質地。

又如「龠」字在銘文中常用於表示編鍾之名，所以有異構字作「鑰」瘋鍾，增添意符「金」，用來強調編鍾的材質；又有異構字作「龡」免簋，增添意符「攴」，則是用敲打的動作來強化編鍾的含義。

總之，補足字義是異構字產生的一個主要目的，是西周金文以形表意構形模式的重要體現，這說明在西周金文階段，造字者還沒有將文字完全看作音義結合體、看作表示特定含義的書寫符號，而是仍然保存著通過形體表達意義的樸素造字觀。正是由於這種造字理念的存在，使得補足字義的需要產生以後，就會直接從字形入手，通過增添意符或其他手段對文字進行改造，從而出現大量的異構現象。

4.2.2.2　分擔字義

　　一個字出現以後，除了最初造字所要表現的本義之外，在使用的過程中，會逐漸包含一些其他的意義，甚至會涵蓋引申義、假借義等。爲了在運用文字的過程中更好地體現這些後起的字義，西周金文的許多異構字承擔起了分擔字義的責任。

　　例如「若」字，甲骨文作 前五‧二四‧四、甲一一五三等形，或說象一人跽坐理髮使順之形，故有順義，當爲「若」字本義。金文承甲文字形，或加口作 麥方尊、毛公鼎等，表應答之意，後世典籍此意作「諾」字。

　　又如「造」字，《說文‧辵部》：「造，就也。从辵告聲。譚長說：造，上士也。」金文此字異體眾多，其中西周晚期有一類異構字從「宀」，作「窖」頌簋、「窖」頌簋蓋等形，此當爲「造訪」之「造」的專字。《周禮‧地官‧司門》：「凡四方之賓客造焉，則以告。」「造」字從宀與「賓」、「客」字從宀同意，意符宀表所居之地。西周中期「造」字又有異體作「寁」贍之造戈，增添意符「又」，意符「又」常用於表示動作，此字從又，當表「製造」之「造」的專字，而春秋戰國時期「造」字又從「攴」卅三年鄭令劍，應與此同類。

　　又如「䤝」（召）字，甲骨文作 粹五一八、林二‧二九‧一、前二‧二二‧一等形，或說象雙手取持酒樽於基座，匕爲取酒之杓枆，表示主賓相見，相互紹介，侑於樽俎之間，當爲「紹介」之「紹」的初文。西周金文承之，或增添意符「月」作「䤝」召尊，楊樹達先生分析說，字或從月者，「昭」之古字也，昭之從日，明之從月，與此相同。〔註47〕

　　這種構建新字來分擔字義的做法是爲了解決一字多義的問題，是文字分化過程中的一個手段。爲了將某一特殊字義從眾多義項中突出顯現，造字者往往構建新的異構字來承擔字義、分化字義，只是有些因此產生的異構字後來分化出去，逐漸獨立成爲新字，如「諾」字，而有些因此產生的異構字沒有獨立出去，或者一直作爲異體存在，如「窖」、「窖」，或者取代了原來的本字，如「若」。但無論屬於哪種情況，它們的產生動機和造字目的是一致的。

〔註47〕楊樹達，《積微居小學述林》，北京，中華書局，1983 年，第 95 頁。

4.2.2.3　加強系統性

在產生異構字的過程中，還有這樣一種現象，就是異構的產生常常是通過添加某一抽象的意符而形成的，這些添加的意符在長期使用中已經具有一定的概括性、抽象性，不再局限於自身所代表的具體字義，而是抽象成了這一類含義的代表，例如意符「又」的使用就是如此。

「又」本爲手部之象形，但是人的動作常常需要用手來完成，所以本來表示手義的「又」字抽象成了代表動作的一個意符，如上舉「造」字的異構作「𣎆」，「乍」字作「复」，「宄」字作「安」，「盉」字作「䶅」，「典」字作「𠬝」等都是典型例子。在上述有關異構字構意的分析中，這種情況屢見不鮮，例不枚舉。

另一個典型的例子就是有關意符「辵」的使用。「辵」本來表示行走之意，《說文‧辵部》：「辵，乍行乍止也。从彳从止。」由此引申出與行走相關的一切動作均可以「辵」代表。

例如「各」字，《說文‧口部》：「各，異辭也。从口、夂。夂者，有行而止之，不相聽也。」甲骨文作 🔲 合集五四三九、🔲 前五‧二四‧四、🔲 京一九三五、🔲 甲二四三七，于省吾先生說：「甲骨文各字初形作 🔲 或 🔲，後來作 🔲 或 🔲，最後變作 🔲 或 🔲。最後之形，周代金文因之。🔲 字上从 🔲，象倒趾形，下从 🔲，即《說文》的凵字，典籍通作坎。各字象人之足趾向下陷入坑坎，故各字有停止不前之義。」〔註48〕于先生所說大致不差，或以凵字象古人穴居之象；各字以倒止和凵形會至、來之意是大家公認的。西周金文字形承甲骨文，亦作 🔲 虢季子白盤形。但中期又有異構字作「逤」 🔲 庚嬴卣，於止旁之外，再增添意符辵，強調行走之意。

又如「省」字，《說文‧眉部》：「省，視也。从眉省，从屮。」甲骨文作 🔲 前三‧二三‧二、🔲 京四五七二等形，商承祚先生謂：「象省察時目光四射之形。」〔註49〕西周金文中期、晚期有異構字作「復」，增添意符辵，下部「又」當爲「止」之變；又有異構作「𧭟」，从辵省，从言。這些異構字在西周金文中都

〔註48〕于省吾，《甲骨文字釋林》，北京，中華書局，1979 年，第 398 頁。

〔註49〕商承祚，《殷契佚考》，轉引自《甲骨文字詁林》（第一冊），北京，中華書局，1996 年，第 570 頁。

表示巡視撫察之意，增辵表巡視，增言表撫察。

　　其他類似的情況還有「及」的異構字作「迡」，「來」的異構字作「逨」等等。劉釗先生曾經將這些又、攴、止、辵、行等意符形象地稱之為「動符」，表示這一基本形體所代表的語言中的詞具有動態義項這一特點。〔註50〕

　　這一類型的異構字具有的最大特點就是系統性的增強，由於所增添的意符不僅表義抽象，具有一定的概括性，而且運用廣泛，構字能力極強，它們形體固定，功能明確，已經成為成熟的構字形符，成為了漢字中的基本偏旁，甚至由此而具備了強大的類屬性，使得漢字向分別部居、以類相從的方向發展成為可能。

　　這一異構現象的背後，體現的是西周金文構形思想的發展與演變，它說明西周金文構形系統在追求圖畫式地表現客觀物象形體的同時，也開始將表達對象的意義類屬化、符號化，這是對舊有模式的重大突破，是以形表意構形模式向以音義表詞的構形模式發展轉變的可貴萌芽。

4.2.2.4　優化文字結構

　　西周金文異構字中，還有一種為優化文字結構而產生的異構字類型。在漢字構形模式的發展過程中，形聲結構無疑是最優化的構形模式，是漢字系統在不斷發展和自我摸索中形成的結果，自從這一構形模式產生以後，造字者就不再需要從字形中直接辨識物象，而是憑藉形音義已經結合了的基礎構件來概括表意。西周金文文字中，一部分文字為了優化構形結構，不惜改變自身的形體，從而產生了一批異構字。

　　如「逆」字，甲骨文本作 續三·二四·六、 後下一一·一六，羅振玉曰：「屰為倒人形，象人自外入而辵以迎之。」〔註51〕西周金文承之，多作 三年癲壺形，從辵從屰。但西周晚期有異構字「迬」，作 伯者父簋形，從辵從牛，古音逆在疑母鐸部，牛在疑母之部，聲部相同，韻部旁對轉，「逆」字從表意字轉化為形聲字。這種將表意字的一部分構件改造為與其形體相近的表音構件，古文字學界稱之為「變形音化」。

　　與此類似的還有「福－祔」這一組異構字。福字多分析為從示畐聲，但其

〔註50〕劉釗，《古文字構形學》，福州，福建人民出版社，2006年，第238頁。

〔註51〕羅振玉，《殷虛書契考釋三種（下）》，北京，中華書局，2006年，第523頁。

字實是由甲骨文之「畐」字增添表意部件「示」字而成，畐象酒器之形，後添加示旁，象灌酒於神前以報神福之形，以此會「福」之意，從甲骨文到金文的演變軌迹如下：

佚七七五 —— 乙七一七〇 —— 癲鍾

福字可以分析爲從示從畐，畐亦聲。而異構字「祇」 或者鼎則完全成爲了一個形聲字，從示，北聲。古音福、北均在幫紐職部，聲韻皆同。

儘管上述兩個異構字始終沒有取代其正體字的地位，但是這種追求結構優化的過程則是值得肯定的，事實上，在西周金文中也產生了一批變形音化式的形聲字，如喪、聖等，上一章中我們已經有所討論，可以參看。

4.2.2.5　標示區別

在西周金文異構字中，還有一類異構字的產生是爲了標示區別的目的。這種標示區別又可以分爲區別字義和區別字音兩個方面。

在區別字義方面，以「ナ—𠂇」這一組異構字爲典型代表。《說文·左部》：「左，手相左助也。從ナ、工。」甲骨文作 乙二五九四形，正像左手之形。但甲骨文字中正反無別，所以又常用爲「又（右）」，時見混用現象，只有左右對舉時才會別之甚嚴。但是隨著文字的發展，左、右的區別已經不再單以文字的方向爲判斷標準了，而是分別重新構意。西周金文中，增意符「工」於其下作「左」，「工」爲矩之象形文，從工以表佐助之意。而西周金文之「又（右）」字則從口作「右」，口爲標示性符號，以此來區別右、又二字。

但西周早期的矢令方彝中又有「左」字異構作「𠂇」 形，從ナ，從言。古文字中，口、言同意，常可互代，如「信」字西周金文又作「伯」 虢叔鼎，則「𠂇」字從言當爲標示區別作用，與「右」字從口同意。

西周金文異構字中不僅有區別字義類，還有區別字音類的異構。如金文中「龏」字增添聲符「兄」作「𩔖」，據孫常敘先生研究，是爲了辨明、區別文字的讀音。孫先生指出，「龏」字加「兄」作「𩔖」，「兄」是用以表音的。「龏」在東部，而「兄」在陽部，兩字不同部，怎能起到表音作用呢？從《詩經》的叶韻可以得到答案。《周頌·烈文》：「烈文辟公，錫茲祉福，惠我無疆。子孫保

之，無封靡於爾邦。維王其崇之，念茲戎功，繼序其皇之。」公、邦、功，三字是東部的，而疆、皇兩字在陽部，東、陽合韻，反映周人方音陽部字有些近於東部。……以「兄」作「龏（恭）」之聲符，則聲韻皆同，直是同音。……周金文，父兄之「兄」或寫作「貺」。「兄」而加「坒」，與「龏」而加「兄」一樣，同音相注，是在東陽韻近、方音音變情況下，出現的正音字。前者，強調「兄」音如「坒」，韻本在陽，而不應入東；後者，強調「龏」音如「兄」（東陽合韻之兄），聲非來母，不讀爲「龍」。〔註52〕可見增添兄符起到了標示、區別文字讀音之作用，這與「訇」字从言的作用是一樣的，只不過一爲辨明字義，而一爲辨明字音而已。

4.2.2.6　消除訛變

在西周金文的異構字中，還有一種特殊的現象，就是爲了消除字形的訛變而導致異構。在文字的演變過程中，一些字的形體因爲種種原因，出現了訛變的趨勢，而根據以形表意的構形原則，文字的每一個構件都應該參與構意，訛變後的構件無疑不符合這一原則，於是在使用過程中就針對訛變的部分添加新的意符，以此來消除訛變。

以「鬲」字爲例，《說文·鬲部》：「鬲，鼎屬。實五穀。斗二升曰斛。象腹交文，三足。」金文多作 ▆ 大盂鼎、▆ 鬲叔興父盨形，象三足之器，爲古代常見之炊器，與鼎同類而略有差別，《爾雅·釋器》：「（鼎）款足者謂之鬲。」金文鬲字下部所从當爲足之象形。但隨著文字的發展，鬲字下部所从之足形，漸漸與器身脫離，作 ▆ 微伯鬲、▆ 郑伯鬲、▆ 季右父鬲等形，已經難以看出是器足之形了。

在此基礎上，與器身脫離的足部又訛變爲「羊」形，如 ▆ 作冊矢令簋、▆ 仲枏父鬲、▆ 王伯姜鬲等字，文字構意已經遭到了嚴重的破壞。爲了遵循以形表意的構形原則，在形成異構字的過程中，造字者增添了既與原來的足部類似，又能符合文字本義的意符「火」旁，形成新的異構字「煮」，如「鬲」字可作「煮」

〔註52〕孫常敘，《孫常敘古文字學論集·麥尊銘文句讀試解》，長春，東北師範大學出版社，1998年，第154～155頁。

木工冊作妣戊鼎，「啟」字可作「敵」史牆盤等，既保證了構形原則，又消除了文字訛變。

又如「通」字，《說文・辵部》：「通，達也。从辵甬聲。」甲骨文多作粹一一九一、甲三三七四、合三一七九三等形，从辵从用，或从彳从用，用爲聲符。金文字形承甲文字形，但所從之聲符「用」已經有了一定的訛變，如瘲鍾、瘲鍾等，後逐漸發展爲从「甬」得聲。與此同時，爲了消除金文對聲符「用」的訛變，造字者造出了一個新的異構：在聲符「用」字之上添加意符「日」作「遍」，如頌鼎、頌簋、頌壺等。從構字意圖來看，「日」字可表時間，而「通」字亦與時間相關，如《易・繫辭上》：「一闔一闢謂之變，往來不窮謂之通。」增添意符「日」正可體現日月無窮之意。同時，與時間相關的「昔」、「昱」等字皆从日，又，「期」字古文从日作，「多」字古文亦从日作，「遍」字从日正與此同意。總之，「通」字異構增添意符「日」，既化解了从「用」到「甬」之間的字形訛變，又保證了文字發展的構形原則。

這種「消除訛變式」的異構字與上述其他幾種情形有類似之處，從結果來看都是在原字的基礎上增添了一個意符，而且增添以後也可以補足或強調字義的某一個方面，與上文所述的第一種「補足字義式」的異構字十分類似，爲什麼要分爲兩類呢？我們認爲，雖然從增添後的結果來看，二者完全一致，但從增添的過程和最終的目的來看，二者還是存在一定的差別的。「消除訛變式」的異構字在形成過程中，原字經歷了一定的訛變過程，或是顯露了訛變的苗頭，出於解釋訛變形體，保證構意原則的目的，異構字因此增添了新的意符，客觀上起到了補足字義的效果；而「補足字義式」的異構字則不會經歷訛變的過程，只是單純爲了補足字義而增添意符，這就是兩者之間的本質區別。

總之，西周金文中的異構字現象雖然乍看之下，並不符合西周金文構形系統中單字定形化演變的發展規律，但經過仔細分析就會發現，它的每一類現象都是有迹可循，每一類異構產生的目的都是符合西周金文文字系統的構形規律和構形思想的，補足字義式、消除訛變式等異構字突出地體現了西周金文構形系統中以形表意的構形思想，而爲了加強系統性、標示區別和優化文字結構等產生的異構字則突出體現了西周金文構形系統的演變發展，即由直接以形表

意、通過字形直接反映物象向以字記詞、通過記錄詞的音義來記錄語義的方向發展，這是西周金文異構字產生、發展的支配動因，也是整個西周金文構形系統發展演變的內在規律。

參考文獻

（以作者姓氏音序排列）

B

1. 〔漢〕班固，《漢書》，北京，中華書局，1962 年。

C

1. 曹永花，《西周金文構形系統研究》，北京師範大學博士論文，指導教師：王寧，1996 年。

2. 陳初生，《金文常用字典》，西安，陝西人民出版社，2004 年。

3. 陳漢平，《〈金文編〉訂補》，北京，中國社會科學出版社，1993 年。

4. 陳劍，《甲骨金文考釋論集》，北京，線裝書局，2007 年。

5. 陳絜，《商周金文》，北京，文物出版社，2006 年。

6. 陳夢家，《漢簡綴述》，北京，中華書局，1980 年。

7. 陳夢家，《殷虛卜辭綜述》，北京，中華書局，1988 年。

8. 陳夢家，《西周銅器斷代》，北京，中華書局，2004 年。

9. 陳世輝，《略論〈說文解字〉中的「省聲」》，北京，中華書局，《古文字研究》1979 年第一輯。

10. 陳直，《文史考古論叢》，天津，天津古籍出版社，1988 年。

D

1. 戴家祥，《金文大字典》，上海，學林出版社，1995 年。

2. 董蓮池，《〈金文編〉校補》，長春，東北師範大學出版社，1995 年。

3. 〔清〕段玉裁，《說文解字注》，上海，上海古籍出版社，1988 年。

G

1. 高明，《古文字類編》，北京，中華書局，1980 年。

2. 高明，《中國古文字學通論》，北京，北京大學出版社，1996 年。

3. 高明，《高明論著選集》，北京，科學出版社，2001 年。

4. 〔清〕顧藹吉，《隸辨》，北京，中華書局，1986 年。

5. 〔梁〕顧野王，《大廣益會玉篇》，北京，中華書局，1987 年。

6. 郭沫若，《兩周金文辭大系圖錄考釋》，上海，上海書店出版社，1999 年。

7. 郭沫若，《郭沫若全集・金文叢考》，北京，科學出版社，2002 年。

H

1. 郝茂，《秦簡文字系統之研究》，烏魯木齊，新疆大學出版社，2001 年。

2. 何琳儀，《戰國文字通論（訂補）》，南京，江蘇教育出版社，2003 年。

3. 華東師範大學中國文字研究與應用中心編，《金文引得（殷商西周卷）》，南寧，廣西教育出版社，2001 年。

4. 黃德寬，《古漢字形聲結構論考》，吉林大學博士論文，指導教師：姚孝遂，1996 年。

5. 黃德寬，《漢字理論叢稿》，北京，商務印書館，2006 年。

6. 黃侃，《文字聲韻訓詁筆記》，上海，上海古籍出版社，1983 年，第 35 頁。

7. 黃征，《敦煌俗字典》，上海，上海教育出版社，2005 年。

J

1. 姜亮夫，《古文字學》，杭州，浙江人民出版社，1984 年。

2. 江學旺，《西周金文研究》，南京大學博士論文，指導教師：黃德寬，2001 年。

3. 江學旺，《從西周金文看漢字構形方式的演化》，長春，東北師範大學出版社，《古籍整理研究學刊》2003 年第 2 期。

4. 金國泰，《〈金文編〉讀校瑣記》，北京，中華書局，《古文字研究》2000 年第 22 輯。

K

1. 〔唐〕孔穎達等，《禮記正義・祭統》，北京，中華書局，1980 年。

L

1. 李零，《上博楚簡三篇校讀記》，北京，中國人民大學出版社，2007 年。

2. 李守奎，《楚文字編》，上海，華東師範大學出版社，2003 年

3. 李守奎、曲冰、孫偉龍，《上海博物館藏戰國楚竹書（一～五）文字編》，北京，作家出版社，2007 年。

4. 李天虹，《居延漢簡簿籍分類研究》，北京，科學出版社，2003 年。

5. 李旼姈，《甲骨文字構形研究》，臺灣政治大學博士論文，指導教師：蔡哲茂，2004

年。

6. 李孝定，《甲骨文字集釋》，臺北，臺灣中央研究院歷史語言研究所，1970 年。

7. 李孝定，《漢字的起源與演變論叢》，臺北，聯經出版社，1997 年。

8. 李孝定，《金文詁林讀後記》，香港，香港中文大學出版社，1977 年。

9. 李孝定，《讀說文記》，臺北，中央研究院歷史語言研究所出版，1992 年。

10. 李學勤，《新出青銅器研究》，北京，文物出版社，1990 年。

11. 李學勤，《東周與秦代文明》（增訂本），北京，文物出版社，1991 年

12. 李學勤，《古文字學初階》，北京，中華書局，2003 年。

13. 李學勤，《中國古代文明十講》，上海，復旦大學出版社，2004 年。

14. 李學勤，《青銅器與古代史》，臺北，聯經出版社，2005 年。

15. 李學勤，《從柞伯鼎銘談〈世俘〉文例》，《江海學刊》2007 年第 5 期。

16. 林義光，《文源‧卷六》，董蓮池主編，《說文解字研究文獻集成（現當代卷）》第二冊，北京，作家出版社，2007 年。

17. 林澐，《古文字研究簡論》，長春，吉林大學出版社，1986 年。

18. 劉釗，《古文字考釋叢稿》，長沙，嶽麓書社，2005 年。

19. 劉釗，《古文字構形學》，福州，福建人民出版社，2006 年。

20. 陸錫興，《漢代簡牘草字編》，上海，上海書畫出版社，1989 年。

21. 羅福頤，《古印文字徵》，北京，文物出版社，1978 年。

22. 羅衛東，《春秋金文構形系統研究》，上海，上海教育出版社，2005 年。

23. 羅振玉，《殷虛書契考釋三種（下）》，北京，中華書局，2006 年。

M

1. 馬承源主編，《中國青銅器》，上海，上海古籍出版社，1988 年。

2. 馬承源主編，《商周青銅器銘文選》，北京，文物出版社，1988 年。

3. 馬承源主編，《上海博物館藏戰國楚竹書（一）》，上海，上海古籍出版社，2001 年。

P

1. 彭裕商，《西周青銅器年代綜合研究》，成都，巴蜀書社，2003 年。

Q

1. 裘錫圭，《文字學概要》，北京，商務印書館，1988 年。

2. 裘錫圭，《古文字論集》，北京，中華書局，1992 年。

3. 裘錫圭，《釋「厄」》，王宇信、宋鎮豪主編，《紀念殷墟甲骨文發現一百週年國際學術研討會論文集》，社會科學文獻出版社，2003 年 3 月。

4. 裘錫圭，《中國出土古文獻十論》，上海，復旦大學出版社，2004 年。

R

1. 容庚,《金文編》,北京,中華書局,1985 年。

2. 容庚,《商周彝器通考》,上海,上海人民出版社,2008 年。

S

1. 〔漢〕司馬遷,《史記》,北京,中華書局,1959 年。

2. 師玉梅,《西周金文形聲字的形成及構形特點考察》,鄭州,《華夏考古》2007 年第 2 期。

T

1. 唐蘭,《殷虛文字記》,北京,中華書局,1981 年。

2. 唐蘭,《古文字學導論》(增補本),濟南,齊魯書社,1981 年。

3. 唐蘭,《西周青銅器銘文分代史徵》,北京,中華書局,1986 年。

4. 唐蘭,《唐蘭先生金文論集》,北京,紫禁城出版社,1995 年。

5. 唐蘭,《中國文字學》,上海,上海古籍出版社,2005 年。

W

1. 王貴元,《馬王堆帛書漢字構形系統研究》,南寧,廣西教育出版社,1999 年。

2. 王貴元,《安徽天長漢墓木牘初探》,張光裕、黃德寬主編《古文字學論集》,安徽大學出版社,2008 年。

3. 王貴元,《漢字演變的歷史我們還很陌生》,「全球視野下的中國文字研究國際研討會」會議論文,上海,華東師範大學中國文字研究與應用中心,2008 年 11 月 1～3 日。

4. 王國維,《觀堂集林》,北京,中華書局,1959 年。

5. 王輝,《商周金文》,北京,文物出版社,2006 年。

6. 王力,《漢語史稿》,北京,中華書局,1980 年。

7. 王利器,《風俗通義校注》,北京,中華書局,1981 年。

8. 王寧,《漢字學概要》,北京,北京師範大學出版社,2001 年。

9. 王寧,《漢字構形學講座》,上海,上海教育出版社,2002 年。

10. 王世民、陳公柔、張長壽,《西周青銅器分期斷代研究》,北京,文物出版社,1999 年。

11. 吳國升,《春秋金文字形的時代特徵》,《古文字學論稿》,合肥,安徽大學出版社,2008 年。

X

1. 謝桂華,李均明,朱國炤,《居延漢簡釋文合校》,北京,文物出版社,1987 年。

2. 〔南唐〕徐鍇,《說文解字繫傳》卷三十九,北京,中華書局,1987 年。

3. 〔漢〕許慎,《説文解字》,北京,中華書局,1963 年。

4. 徐中舒主編,《秦漢魏晉篆隸字形表》,成都,四川辭書出版社,1985 年。

5. 徐中舒主編,《甲骨文字典》,成都,四川辭書出版社,1989 年。

Y

1. 嚴志斌,《四版〈金文編〉校補》,長春,吉林大學出版社,2001 年。

2. 楊樹達,《積微居小學述林》,北京,中華書局,1983 年。

3. 楊樹達,《積微居金文説》(增訂本),北京,中華書局,1997 年。

4. 楊五銘,《兩周金文數字合文初探》,北京,中華書局,《古文字研究》1979 年第一輯。

5. 姚淦銘,《論西周銅器文字演變的軌迹》,《蘇州科技學院學報(社會科學版)》,1986 年第 1 期。

6. 姚淦銘,《論兩周金文形體結構演變規律》,《蘇州科技學院學報(社會科學版)》,1985 年第 6 期。

7. 姚孝遂,《論形符和聲符的相對性》,《容庚先生百年誕辰紀念文集》,廣州,廣東人民出版社,1998 年。

8. 姚孝遂,《甲骨文形體結構分析》,《古文字研究》,2000 年第 20 輯。

9. 于省吾,《甲骨文字釋林》,北京,中華書局,1979 年。

10. 于省吾,《釋兩》,北京,中華書局,《古文字研究》1983 年第十輯。

11. 于省吾主編,《甲骨文字詁林》,北京,中華書局,1996 年。

Z

1. 張桂光,《古文字論集》,北京,中華書局,2004 年。

2. 張家山二四七號漢墓竹簡整理小組編,《張家山漢墓竹簡〔二四七號墓〕》,北京,文物出版社,2001 年。

3. 張懋鎔,《古文字與青銅器論集》(第 2 輯),北京,科學出版社,2006 年。

4. 張世超、孫凌安、金國泰、馬如森,《金文形義通解》,東京,中文出版社,1996 年。

5. 張湧泉,《漢語俗字研究》,長沙,嶽麓書社,1995 年。

6. 張亞初,《金文考證舉例》,《第三屆國際中國古文字學研討會論文集》,香港,香港中文大學,1997 年。

7. 張亞初,《殷周金文集成引得》,北京,中華書局,2004 年。

8. 張再興,《西周金文文字系統論》,上海,華東師範大學出版社,2004 年。

9. 張再興,《西周金文構字符素的形體變化及其影響》,《瓊州大學學報》2002 年第 1 期。

10. 張再興,《從字頻看西周金文文字系統的特點》,《語言研究》2004 年第 1 期。

11. 張再興,《金文構件形體的演變——基於字形屬性庫的類型學研究》,《華東

師範大學學報（哲學社會科學版）》2007 年第 2 期。

12. 張振林，《試論銅器銘文形式上的時代標記》，北京，中華書局，《古文字研究》1981 年第 5 輯。

13. 趙誠，《二十世紀金文研究述要》，太原，書海出版社，2003 年。

14. 趙誠，《古文字發展過程中的內部調整》，北京，中華書局，《古文字研究》1983 年第十輯。

15. 趙誠，《西周金文構形系統二重性探索》，北京，中華書局，《古文字研究》2008 年第二十七輯。

16. 趙平安，《形聲字的歷史類型及其特點》，《河北大學學報》1988 年第 1 期。

17. 趙平安，《漢字形體結構圍繞字音字義的表現而進行的改造》，《中國文字研究》第一輯，南寧，廣西教育出版社，1999 年。

18. 鍾柏生、黃銘崇、陳昭容、袁國華編，《新收殷周青銅器銘文暨器影彙編》，臺北，藝文印書館，2006 年。

19. 中國社會科學院考古研究所，《殷周金文集成》（修訂增補本），北京，中華書局，2001 年。

20. 周寶宏，《近出西周金文集釋》，天津古籍出版社，2005 年。

21. 周法高等主編，《金文詁林》，香港，香港中文大學，1975 年。

22. 周有光，《世界文字發展史》，上海，上海教育出版社，1997 年。

23. 周有光，《比較文字學初探》，北京，語文出版社，1998 年。

24. 朱鳳瀚，《古代中國青銅器》，天津，南開大學出版社，1995 年。

25. 朱鳳瀚，《柞伯鼎與周公南征》，《文物》2006 年第 5 期。